白鹿

U0063934

偽蛇

蠻蠻

九尾紅狐精

奇獸卷

張錦江等 著

新說山海經

中華教育

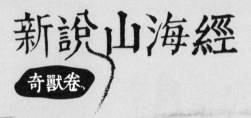

新說山海經
奇獸卷

責任編輯　楊安琪
裝幀設計　陳淑娟
排　版　陳淑娟
印　務　劉漢舉

張錦江等 ◎ 著
鵬　浩、董　麗 ◎ 插畫

出版　中華教育
　　　香港北角英皇道四九九號北角工業大廈一樓B
　　　電話：(852) 2137 2338　　傳真：(852) 2713 8202
　　　電子郵件：info@chunghwabook.com.hk
　　　網址：http://www.chunghwabook.com.hk

發行　香港聯合書刊物流有限公司
　　　香港新界荃灣德士古道220-248號
　　　荃灣工業中心16樓
　　　電話：(852) 2150 2100　　傳真：(852) 2407 3062
　　　電子郵件：info@suplogistics.com.hk

印刷　美雅印刷製本有限公司
　　　香港觀塘榮業街6號
　　　海濱工業大廈4樓A室

版次　2021年6月第1版第1次印刷
　　　©2021中華教育

規格　16開 (230mm×160mm)
ISBN　978-988-8759-28-6

© 華東師範大學出版社，2018.
本書由華東師範大學出版社有限公司授權中華書局（香港）有限公司在香港、澳門和
台灣地區出版發行中文繁體字版本。非經書面同意，不得以任何形式重製、轉載。
版權所有。

當希臘神話融落在愛琴海中，愛琴海就有了神祕且迷人的魅力。

那時，我坐在一艘白色的遊輪上，由希臘的雅典到聖托里尼島去。

玻璃舷窗映着五月的陽光，海水深藍，泛着亮晶晶的波光，蕩漾着碎碎的波紋。我凝視着這無垠的平靜的海。

我在翻閱一本藍色的大書，書上有一個名字：荷馬。

這是古希臘偉大的盲人詩人。他為人類留下了宏偉巨著《荷馬史詩》。這部希臘神話經典講述的是由神的一個金蘋果引發的一系列故事，其源頭正是希臘民間神話傳說。

海的波褶中浮現出智慧女神雅典娜、天后赫拉、美神阿芙羅狄蒂縹緲的身影……

我在雅典衛城的巨石城堡中見到了巴特農神殿雅典娜塑像的原址，雅典娜不見了，只剩下空殿；我在靈都斯古鎮仰望了勝利女神的斷翼石、多

乳女神的殘胸碑；我在奧林匹亞瞻仰了神中之神宙斯與天后赫拉的神廟遺跡——那些完整的與倒塌的帶棱角的巨型圓柱；我還在德爾斐宗教聖地，於一塊鐘形的石柱前流連忘返，注視着這個被稱為「世界的肚臍」的地方，聆聽着音樂之神、太陽之神——美少年阿波羅那關於預言石與阿波羅神廟的傳說。

海面上流淌着、升騰着阿波羅豎琴的樂曲聲。

我在希臘這個神的國度裏，從那些數千年的斷瓦殘磚、古堡、石柱、垣壁中傾聽着一個又一個美麗而奇妙的神話傳說，隨便翻一片磚瓦，神話故事就會像一隻隻活靈靈的蟋蟀蹦跳出來。神話無處不在，神話無處不有。無論是牛頭人身怪米諾陶洛斯，還是看一眼就讓人變成石頭的女妖美杜莎，又或是一歌唱就讓人丟魂的人頭鳥塞壬……它們都浸潤在希臘人的血液中，是獨屬於希臘的文化財富。受其影響，古希臘悲劇產生並盛行起來，埃斯庫羅斯的《被縛的普羅米修斯》，索福克勒斯的《俄狄浦斯王》《厄勒克特拉》，歐里庇得斯的《巴克斯的信女》《美狄亞》等名劇流傳至今。蘇格拉底、柏拉圖、亞里士多德等人也深受希臘神話的影響。希臘神話也影響了歐洲的文明，但丁、歌德、莎士比亞、達．芬奇、拉斐爾、米開朗基羅等人受其薰陶，將歐洲文化推向輝煌。

這平靜碧藍的海呀，怎麼變得混沌咆哮起來？

我想起了黃河。

那年，我漫步在鄭州的黃河之濱，看見一尊由褐色花崗巖

石雕琢而成的黃河母親的塑像，那是一個溫柔而豐腴的母親，她仰臥着，腹部上趴着一個壯實的男孩，意指黃河是中華兒女的母親河。而黃河文化的始祖——炎黃二帝的巨石半身雕像就在高聳的向陽山上。一側的駱駝嶺主峰上站立着大禹的粗麻石塑像，大禹頭戴斗笠，身穿粗布衣，右手持耒，左臂揮揚，智目慧相。基座上嵌碑刻題八字：「美哉禹功，明德遠矣。」

炎黃二帝、大禹都是《山海經》中的人物。《山海經》記述了炎黃二帝始創中華，大禹治理黃河定九州的故事。

這時，在我的眼前，黃河的驚天巨浪翻湧而起，一部大書被托舉在高高的濤峰上。

這就是《山海經》。

這部成書於先秦時期的《山海經》，分《山經》《海經》兩部。《山經》又分《南山經》《西山經》《北山經》《東山經》《中山經》；《海經》又分《海外南經》《海外西經》《海外北經》《海外東經》《海內南經》《海內西經》《海內北經》《海內東經》《大荒東經》《大荒南經》《大荒西經》《大荒北經》《海內經》。全書三萬一千餘字。這是一部記載中國遠古時代山川河嶽的地理書；這是一部講述中國遠古部落戰爭的歷史書；這是一部關於中國遠古英雄的傳奇書；這是一部關於中國遠古列國的民俗書；這是一部關於中國遠古巫術的玄幻書；這是一部關於中國遠古神怪的百科書；這是一部關於中國遠古草木的參考書。

　　這部極具挑戰性的古書、奇書、怪書，吸引了中國歷代無數的聖者、智者。太史公司馬遷曾在《史記·大宛列傳》中寫道：「至《禹本紀》《山海經》所有怪物，余不敢言之也。」他對《山海經》的怪物不敢說，可見太史公的疑慮。東漢班固在編撰《漢書·藝文志》時，將《山海經》列為「數術略」中「形法類」之首，認為這書是用來占卜凶吉的，與巫有關。晉代郭璞嗜陰陽卜筮之術，神馳《山海經》並為其作註，成史上註釋《山海經》第一人。田園詩人陶淵明熟讀《山海經》，寫下十三首《讀〈山海經〉》詩。北魏地理學家酈道元在其著作《水經注》中引《山海經》百餘條。隋代訓釋《楚辭》的名家釋智騫也頗得益於《山海經》。「唐宋八大家」之一的柳宗元在《行路難》中引用了夸父追日的傳說，而歐陽修則寫有《讀山海經圖》一詩。

　　《山海經》也為中國志怪小說、神話小說提供了素材，《西遊記》《封神榜》《神異經》《搜神記》等小說都受到了它的影響。現代文學家魯迅、茅盾、聞一多等人也很關注這部古怪的大書。魯迅在《中國小說史略》第二篇「神話與傳說」中指出，小說的淵源是神話，並首推《山海經》為其源頭。又稱：「中國之神話與傳說，今尚無集錄為專書者，僅散見於古籍，而《山海經》中特多。《山海經》今所傳本十八卷，記海內外山川神祇異物及祭祀所宜……與巫術合，蓋古之巫書也……」魯迅的說法與班固對《山海經》的看法幾乎是一致

的。魯迅對《山海經》情有獨鍾，不僅肯定了《山海經》是中國文化之源、中國小說之淵，而且寫下了由《山海經》中的素材引發創作想像的三篇小說，即《故事新編》中的《補天》《奔月》《理水》。茅盾從研究希臘神話延伸到研究中國神話，寫下了《中國神話研究ABC》。這是希臘神話與中國神話的第一次神靈交匯，書中第七章專門寫了《山海經》中的「帝俊與羿、禹」。茅盾寫道：「宙斯是希臘的主神，因而我們也可以想像那既為日月之父的帝俊，大概也是中國神話的『主神』。」又寫道：「神性的羿實是希臘神話中建立十二大功的赫拉克勒斯那樣的半神的英雄。」

混沌深沉的黃河呀，是中國神話原始大書《山海經》之母，也是中國文化的源頭。它與蔚藍的愛琴海相映成輝。我在愛琴海上想着黃河的千古絕唱，因此有了編創《新說山海經》的念想。

是為序。

張錦江

2016年4月22日下午草於坤陽墨海居

新說山海經·奇獸卷

這是《新說山海經》的第一卷。

《山海經》中的奇獸有千種，有的面怪形異，如虎身牛尾麑、白身黑尾獨角駁、肛門長在尾巴上的羆、三腳㺒、紅頭白身蛇、九頭九尾蠪蛭、六角鳥、鮯鮯魚等；有的奇能殊技，如用尾巴塞住鼻孔的蜼、用尾巴敲肚皮奏樂的鼍、能產珍珠的狪狪、能飛的天馬等；有的益於蒼生，如可治病的一首十身何羅魚、預兆五穀豐登的牛角狡、驅邪避毒的狗谿邊、治水填谷的旋龜、能抵禦兵刃之災的飛魚等；有的積惡害人，如吃人的人面虎身怪獸馬腹、帶來水災的長翅化蛇、帶來瘟疫的白頭獨眼蜚、尾巴分叉的吃人怪蛇等。

《新說山海經（奇獸卷）》共有十篇，選了《山海經》中記載的十大奇獸——白鹿、狌狌、人面九頭蛇、狪狪、蠻蠻、天狗、十翅魚、九尾狐、熊能、帝江為主角，用全新奇異的想像，懸念環生的情節曲折有趣地描繪了和十大奇獸相關的故事：千年小鹿的恩仇奇事；小桑巴男的離奇失蹤；人面

九頭蛇的愚民妖術；狪狪產珠的悲慘遭遇；孿生蠻蠻的生死離別；天狗的大義禳凶；火宮的奇幻瑰麗；九尾狐的變幻人生；熊能一體的歷險故事；混沌初生的千古傳說。

註：本書中涉及的《山海經》原文參考上海古籍出版社2015年版的《山海經》。

目錄

白鹿記

張錦江 文

又北百二十里，

曰上申之山，

上無草木而多硌石，

下多榛、楛，

獸多白鹿。

【西山經・西次四經】

這是一棵大樹，也是一棵老樹，它蒼老得粗壯的樹幹
中央有了一個大洞，可以走過兩匹馬。上申山上有數不清的
榛樹和楛樹，但，這棵樹更老。這樹，既不是榛樹也不是楛
樹，它叫丹木樹。它究竟活多久了？這是一個謎，知道這個
謎底的，只有一個人。這人姓叔，一百零三歲，上申山人稱
其為叔公。他是個矮小的老人，雖然背有點駝，牙齒也掉光
了，但耳聰目明，在屋內能走幾步，不過百步之外就不能走
了。叔公的一雙兒女帶着叔公妻在山外謀生，家中唯他老弱
一人。然而他並不孤單，有一頭小鹿陪伴其左右，他的日常
生活起居由小鹿照應。

　　叔公就住在離老樹不遠的一座石屋內。

　　此時，小鹿就在老樹下。

　　這頭小鹿長相矯靈，尖嘴，豆眼，細腿，短尾；皮毛油
亮細柔而純白，頭頂有兩支犀利的角，白蹄、白尾，連額角
也是白色的，似白玉雕刻一般。這是一頭白鹿。

　　白鹿對着這棵老樹啼叫起來，彷彿在唱歌，好似天籟之
音。婉轉悅耳的聲音飄蕩瀰散在整座山林，這甜美的聲音旋
繞着每片樹葉，以及每株樹的枝幹。

　　只見，老樹慢慢低垂下了它裸露的老枝枯幹。這樹的樹

蓋是那麼巨大，上面可站一百匹馬。張着洞口的樹幹是紅色的，像紅臉巨人的頭張着大嘴。在老枝枯幹中萌生出無數新嫩的枝葉，每片綠色的葉子都圓圓的，其枝頭上開着一朵有五片紅、黃、藍、綠、紫花瓣的五色花，長着一顆同樣五色的蛋狀果子。

白鹿伸長了脖子，用尖尖的嘴輕輕地銜下這顆五色果。

老樹低垂的樹幹又緩緩舒展，恢復了原狀。

白鹿銜着五色果，一蹦一跳地進了石屋。

只見白鹿跳蹦到叔公面前，前蹄一跪，口裏銜的果子便落在了叔公掌心。

叔公雙掌撫果，良久，才說出一句話來：

「鹿呀，心好啊！」

白鹿唱歌般地輕啼了一聲，叔公聽得明白，白鹿說：

「叔公，應該的。」

叔公能聽懂白鹿的歌聲，白鹿也能意會叔公說的話。剛剛在樹下白鹿的唱歌啼叫，按叔公的理解是這樣的：

大樹，

大樹。

賜予果果，

賜予果果。

叔公每天都食用大樹賜予的五色果。這五色果可不是

一般的果子，除了色有五彩之外，果肉嫩脆，咬一口甜汁滿腮，更讓人稱奇的是，一日只需吃一顆果子，這天就不會飢餓。所以，叔公每天只吃一顆五色果，而且大樹每天也只開出一朵五色花，只長出一顆五色果。平常的日子，只能看到大樹的綠葉，見不到任何花與果，那朵花與那顆果子被葉片裹護着，只有白鹿吟唱這四句歌時花與果才會現身。

叔公每每食五色果時，都會對白鹿說：

「鹿呀，樹木有義，鹿有情呀！」

叔公已活了一百零三歲，與鹿與樹相依為命了一百零三年。叔公祖上傳下來的故事卻是這樹在叔家已有一千五百零五年，這鹿在叔家已有一千五百年。當初，叔公老祖在三十里之外的峚山[①]居住，山上多丹木。一日，叔公老祖在林中見一丹木樹苗被連根拔起棄於山野，叔公老祖憐憫小樹，用石盆栽下。又一日，叔公老祖見山下丹水河面突然一片沸騰，河水中湧出玉色的膏狀之物，便勺取而歸，並用玉膏白液澆灌盆中丹木，連續澆灌一月之久。後叔公老祖遷居上申山，盆樹也隨身遷之，並種於屋前。五年之後，樹長大成木，枝葉繁茂。

那日，叔公老祖打獵回歸途中，撿得一頭受傷幼鹿，經過丹木樹下時，幼鹿啼鳴，樹冠隨即下墜，露出五色花、果，且有一葉也呈五色狀，叔公老祖大為驚奇。幼鹿逕自走

---

① 峚（普：mì｜粵：物）山：《山海經》中記載的古山，傳說上古先祖黃帝曾在此種植玉石。

到樹下銜下一片彩葉，牠的傷即刻自癒，且一年三百六十五天不再進食。自此，幼鹿不再離去。叔公老祖食果添壽至一百三十歲後無疾而終，且一千五百年間世代子孫都活到這個歲數，一天不多，一天不少。小鹿已食葉一千五百年，每年三月初一食一片彩葉，如不及時服食，過一個時辰則必死無疑。這樣，小鹿守候叔公世代一千五百年，而且都是在先人一百三十歲逝去的當日，在外謀生的長子會返家，往往都已是垂垂老者。也就是說，小鹿伺候叔公老祖後輩老人一千五百年。在歲月流逝中，小鹿的毛色也變了，當初幼鹿還是一團黃毛，五百年後泛成灰色，一千五百年過去後變白了。叔公記住了祖上的故事，也記住了祖上傳下的話：「樹木有義，鹿有情。」

　　白鹿伏在地上待叔公食畢，又口銜一隻空葫蘆出屋，沿一條五彩的石子路蹦跳着向山下跑去，山下有河，叫赤水。牠去河邊灌水，這是叔公當日要飲用的水。

　　在叔公家，不僅通向河邊的路是五彩石鋪成的，那幢石屋也是五彩石砌成的。上申山分上山、下山兩部分，上山不長草木，山石裸露；下山森林覆蓋，鬱葱茂密。上山的山坡上有許多帶花紋的漂亮石頭，諸如紫石英、水晶石、孔雀石、畫眉石、黑朱砂等。白鹿每日到上山銜取美石，銜到下山叔家居住的茅草與樹幹搭起的棚屋旁，一塊一塊搭摞，一塊一塊堆疊，日積月累，不知多少天多少月，居然有一天，白鹿摞疊出一幢五彩的美石屋，美石屋的形狀也特別，像一

朵盛開的五色花，花瓣都朝着大樹。此後，叔家拆棄了棚屋，住到了美石屋中。不用說，這條彩石路也是白鹿經年累月一塊石一塊石銜着鋪成的。叔家人還砍了一棵大榛樹做了一扇大柵門，門上還塗了山龜血以避邪惡。

　　白鹿跳躍過一片開闊的河灘，站在淺水裏，水很清，看得見水底的黑褐色的沙礫、白色的貝殼殘骸。藍天映在水裏，白鹿也映在水裏，白鹿的頭左右歪了歪，似乎在欣賞觀摩自己嬌美的身影。白鹿輕輕啼鳴起來，意思是說：

清清的水，

清清的天，

清清的心，

清清的影。

　　這幅《白鹿鳴》畫景，五千年之後被畫聖吳道子畫了下來，流傳於今。

　　然而不幸卻發生在這美景之中。白鹿犀利的豆眼瞄見，平靜的水面上漂浮着一個人，此人背朝天伏着。白鹿沒有遲疑片刻，丟下葫蘆，一躍而起，踏着水面飛馳過去，居然沒有濺起一點水花。白鹿走近那人身旁，用嘴銜住他的頭髮，一路踏水將他拖到岸上，然後又將那人橫馱在背上，一路閃電般地奔回石屋。叔公見白鹿拖背着一個人來，正感到驚

惑，白鹿又不停鳴叫，叔公聽得真切，牠在呼喊：「救人，救人！」

白鹿救的那人是個漁夫，叔公認識，叫老貓頭，這人不僅像貓一樣捉魚捉得很好，連面孔也長得像老貓的樣子。由於老貓頭平日喜歡貪小，山裏的女人不願嫁給他，到了四五十歲還是單身一人，他只有一葉獨木舟，風裏來雨裏去，棲身舟上。老貓頭是如何落水的，叔公與白鹿不得而知，只見老貓頭臉色鐵青，眉頭緊鎖，一連數日昏迷不醒，只能躺在一張木牀上。

白鹿每日除照應叔公的飲食起居之外，還要看管大樹洞內的五隻羊羔，這是百日之後祭祀山神所用的祭品，須一大早就一隻一隻地銜出洞口在不遠的草地上放養，傍晚收歸樹洞，餘下的時間要滿山遍野地找草藥為老貓頭治病。夜晚，白鹿俯伏在樹下守護着叔家的五彩家園。然而，七七四十九天過去了，老貓頭還沒有蘇醒過來，而且病情日漸沉重，呼吸弱微，命在旦夕。叔公不知如何是好，憂心忡忡，一日，對白鹿說：

「鹿呀，為人做事，救命為大，我們終歸要想個辦法救醒他。」

白鹿唱言道：「叔公說吧。」

「鹿呀，祖上說過，由上申山一直向西一千二百里有一座幽都山，山頂有一種蛇含草可治百病，只是路途遙遠，怎可去得？」

「叔公放心，當日可以來回。」

「鹿呀，有這個能耐就去吧，速去速回。」

白鹿前蹄向叔公一拜，隨即跳蹦離去。豈知這千年白鹿已是神靈之鹿，素有「草上飛」之稱，日行千里不是妄言。不消半日就到了幽都山。

幽都山是海中的一座孤山，山上怪石岣嶙、陡壁險惡，但見一大蛇，紅頭白身，蛇身又粗又長，繞着幽都山兩周，蛇尾還伸到海裏。大蛇的頭高昂在山頂，山頂石縫裏就長着一棵五小瓣龍牙葉，開兩朵八瓣小黃花的蛇含草，這真是名不虛傳。白鹿沒有一點前顧後盼，跳躍過蛇身就直奔山頂。只聽得一聲吼叫，如牛嘶怒一般，不過比牛的叫聲大多了，山石都抖動起來，碎石「嘩啦啦」地滾到了海裏，濺起了水花。大蛇張着血盆大口，露出尖利的牙齒，瞪着一雙兇殘的眼睛，大蛇準確無誤地咬住了白鹿的右前蹄，並用蛇身盤纏住白鹿的身子，越縮越緊，白鹿幾乎被纏斷了所有骨骼，命懸一線，只要大蛇再咬一口，白鹿就會被吞進肚去。奇怪的是，白鹿彷彿有縮身術一般，聽憑大蛇纏盤。這時，白鹿的一對尖削如劍的鹿角正對着蛇的下顎的七寸之處，以迅雷不及掩耳之勢，勇猛而拼命地用尖角向蛇的七寸之處刺插進去。頓時，大蛇被刺開一個大洞，血流噴湧，牠扭動了幾下，就軟癱下來，鬆了白鹿。大蛇死了，白鹿也受了重傷，大蛇的牙有劇毒，以致白鹿的豆眼有點模糊起來，頭暈覺得

犯睏，白鹿呻吟起來，這是一首呻吟的歌，歌的大意是：

> 站起來呀，
>
> 站起來呀！
>
> 回家，
>
> 回家！

　　豈料，更大的危險就在眼前——一隻黑色的海鵰，伸着長長的翅膀從天而降，猛然用強壯有力、尖屬的爪子揪住了白鹿的皮毛。海鵰喜食兔、羊、鹿這樣的動物，見到這頭一動不動的白鹿，快要到口的美餐豈能放過。就在海鵰逮提白鹿的一瞬間，白鹿口中噴出一團污黑的血，不偏不倚地噴在海鵰頭上，只聽「呀」的一聲，海鵰鬆了爪，倒栽到山崖下去了。白鹿吐出的是毒蛇的毒液，擊中了海鵰，讓海鵰喪了命。其實，千年白鹿有自癒的能力，牠吐出了蛇毒液，豆眼又犀利有光了，銜了蛇含草騰蹄而去。

　　白鹿又不消半日回到叔公家。白鹿一路辛勞，沒來得及停息就向叔公唱吟了自己的遭遇。然後，叔公好一陣忙碌之後，熬了蛇含草湯藥讓老貓頭服下。這藥真靈，片刻之間，老貓頭睜開了眼睛。

　　「醒了。」叔公說。

　　「叔公，這在哪裏？」老貓頭問。

「在我家裏。」

「我怎麼在你這裏?」

「是我家的白鹿救了你。」

於是,叔公一五一十地講了白鹿怎麼從河裏把他拖上岸,怎樣去千里之外找草藥差點被蛇與海鷗吃了,又殺死了蛇與海鷗,拿到了蛇含草救醒了他的經過。從老貓頭那裏,叔公也知道了,他的獨木舟被突然而至的風浪打沉,他的頭被重重地摔在水裏的一塊石巖上直到昏厥過去的全過程。

老貓頭醒來連喊:「餓死了。」

白鹿用葫蘆去河裏汲了水,叔公用石鍋熬了一鍋黃米粥。

時值晚飯時辰,老貓頭一面喝粥一面問叔公:「叔公怎麼不吃?」叔公搖頭說:「我每天只吃一顆果子,就不餓了。」老貓頭說:「這倒省事。」叔公說:「白鹿還要省事,一年只吃一片葉子呢。」老貓頭說:「這也奇了,只是這種果、葉哪裏會有?」叔公說:「就是門口那棵樹上結的。」老貓頭將叔公的話一一記在了心裏。

老貓頭走了之後,叔公家又恢復了平靜。但生活的平靜是相對的,不該發生的事常常會發生。就在上申山的山民們一年一度祭祀山神的日子臨近時,山裏闖進了一頭怪獸。據說怪獸晝伏夜出,每當午夜時分,便潛入山民家中襲食山羊,一口吞下一頭羊,十分兇惡,連續五天吞下了五頭羊。山民們驚恐萬分,家家戶戶夜間不敢外出,守護着家羊。山民們心急如焚,這養着的羊是每年供奉山神的祭品,一百頭

祭羊一隻也不能缺，倘若被怪獸吃了，山神怪罪下來該如何是好？緊接着又傳來第六頭羊被吞食的消息，山民們乾脆都不睡了，堆壘石塊，守在羊廄，怪獸一來就用石塊亂摔，居然打退了怪獸，換得幾日的太平。在這期間，白鹿一步不離石屋、大樹，夜裏白鹿只需輕吟一聲，其意是：

　　　　大樹，

　　　　大樹，

　　　　護住小羊，

　　　　護住小羊。

　　大樹就會把巨大的樹蓋伏下，將樹洞裏的羊嚴實地掩蔽起來。怪獸是得不到一點機會的。

　　這一夜，有了動靜。怪獸在山民們的防護下，好幾日沒有吞食山羊，便轉悠到叔家大樹下。月在中天，白鹿看得明白，這怪獸長一鵰嘴，頭頂生一粗短的獨角，身軀是黃毛中夾着黑斑，如豹子一般，尾巴毛也是一樣的色斑，長長地翹着，尾尖是一束長鬃毛。這怪獸名如其形，名字叫蠱鵰。怪獸呈威猛狀一步步逼近，白鹿尖啼一聲離開了原地，想把怪獸引開，使叔家不受侵犯。怪獸也啼叫起來，叫聲很奇怪，像嬰兒啼哭。怪獸當然不肯放過一頭小小的白鹿，追上去張開鵰嘴就要吞咬。白鹿靈活跳蹦，怪獸近不了白鹿身子，

沒有半點放鬆，依舊瘋狂追撲。白鹿且跳且退將其向河灘引去，怪獸緊追不捨，待到白鹿退至河灘，牠突然四蹄亂蹬，一時間飛沙走石，月色無光。豈料，怪獸並不害怕，依舊纏咬不停。只見，皎潔月色之下，河灘上一團白光，一團黃光，閃閃燦燦，燦燦閃閃。這場惡鬥，起先並不分勝負，後來，白鹿終究不敵怪獸，一蹦一跳向河裏退去。怪獸步步逼近，白鹿無路可退，扭頭汲了一口河水，向怪獸噴去，像瀑布從天而降，把怪獸劈頭蓋腦澆個通透。這怪獸也怪，在水中翻滾了一下，居然溶化了，化作了一灘水無影無蹤。其實說怪不怪，世上萬物都是因果相生，這怪獸表面再強悍，不過是一團邪火的惡形，白鹿得千年靈氣，玉淨冰心，口含河水即生甘霖，甘霖滅火自然天成，這叫一物降一物。

白鹿滅了怪獸後，山村的頭人清點了供奉的羊數，只有九十九頭，獨缺一頭，於是傳話下去，誰想法獻出一頭可供奉的牲畜，就可得五石黃米。話音剛落，就有人找到頭人，這人不是別人，正是老貓頭。老貓頭對頭人說：「叔公家的白鹿可用作供品。」頭人說：「這怎麼可以，白鹿滅了怪獸，保住山裏的羊，怎麼能拿白鹿開刀呢？」頭人不依。老貓頭又找頭人，說了叔家的祕密，老貓頭說：「那棵樹果子吃了可長命百歲，白鹿肉吃了能活千年，白鹿皮披在身上可多子多孫，要是捉住白鹿，我只要五石黃米，其餘都歸你了。」頭人動了心，派了八名壯漢隨老貓頭去捉白鹿。

老貓頭率八名壯漢突然圍了叔家的彩石屋。老貓頭在

屋外喊道:「叔公呀,頭人有令,把白鹿獻出來,湊足百頭祭神供品。」叔公在屋內回話說:「你這賊人,捉白鹿,還不是為了五石黃米,你好心狠呀!」老貓頭又喊叫道:「叔公,不能這樣說嘛,我也是為了山裏人,沒有百頭供品,山神怪罪,山裏就會遭殃的呀!」叔公說:「說得好聽,你會遭報應的!」這時,伏趴在叔公腳前的白鹿低吟起來,於是,叔公與白鹿有了這樣一段對話:

白鹿說:「叔公,我跟他們走吧,只是叔公今後的日子怎麼過?」

叔公說:「鹿呀,千萬不能跟老貓頭走,這種沒良心的東西,不能讓他得逞。鹿呀,離開這裏逃吧。」

「叔公,這裏是自己的家園,在自己的家園裏為什麼要逃呢?」

「鹿呀,不逃不得安寧呀。」

「叔公,有鹿就有家園,鹿不會離開家園,鹿會守着叔公。鹿不怕,來捉吧!」

白鹿勇敢地站在了彩石屋門口唱鳴了兩聲,其意是:「來呀,來捉呀!」老貓頭迫不及待撲上來,白鹿一蹦一跳就沒影了,老貓頭摔了一個大跟頭,腦門碰在石屋上跌出一個大包。白鹿在離他們不遠的地方,又唱鳴了兩聲,還是這個意思:「來呀,來捉呀!」老貓頭與八個壯漢又追過來,白鹿就這麼一蹦一跳地逗老貓頭與壯漢玩兒。這成了一場好玩的遊戲。遊戲的結局是在上申山的一座懸崖上,白鹿輕盈

地跳下崖去，消失得毫無蹤影，老貓頭與八個壯漢累趴在懸崖坡上。第二天，這種遊戲又玩了一次，老貓頭依舊空手而歸。老貓頭不想再玩了，想出了一個萬無一失的主意，趁白鹿在石屋內的時候，用魚網把門洞罩起來，只要白鹿一衝出來就會被網住。誰知這門洞的門是塗過山龜血的，山龜血能避邪消災，使百惡不能近身，這魚網網着洞門，立刻破了個大洞。老貓頭又用無數削尖的木棍對着洞門，哪知，木棍的尖刺全都像被螞蟻啃過一樣，一碰洞門就掉下來。老貓頭又想，乾脆由八個壯漢守住屋門，自己一人進去捉。這時，龜血顯靈了，有邪惡之心的人進不了門，老貓頭眼睜睜地看着屋門敞開着，而他就是邁不進門半步。老貓頭惡計又起，乾脆用石斧把大樹砍了，斷了白鹿與叔公的糧根，讓他們餓死。於是，老貓頭與八個壯漢揮石斧亂砍大樹，石斧砍下去火星四濺，樹幹上沒有一絲傷痕。也不知砍斷、砍碎了多少石斧，卻連一根枝條也沒有砍下。

　　貪心的人是不肯收手的，老貓頭知道每天叔公進食果子的時間，心想：趁大樹露出果子時去搶下來，看你叔公還交不交白鹿？誰知道這天清晨到來的時候，白鹿啼叫而起的美妙歌音響起來了，這聲音的奇異把圍着大樹的老貓頭與八個壯漢震懾住了，呆呆地站着，瞪着空洞的大眼睛，像丟了魂似的動彈不得。等白鹿銜摘下果子，服待叔公進了食，這幫人還沒有緩過神來。

　　眼看祭祀山神的日子三月初一就要到了，再不逮住白

鹿，五石賞米就落空了。老貓頭終於想出一條毒計，他捉了一百隻蛤蟆，還有一百隻烏鴉。這天正是三月初一，他一早就把蛤蟆和烏鴉放在大樹下，「呀呀」「呱呱」叫聲一片，這時，大樹因聽不到白鹿的叫鳴，也不垂下來。而一旦錯過了取果的時間，大樹就要等到下一天才會應聲而動。叔公一日不進食果子，一個時辰之內就會死去；更嚴重的是，白鹿進食五彩葉片的日子與祭祀山神同一日，也就是說，白鹿這天若不食五彩葉片，也會在一個時辰之後死去。

此刻，山下的鼓聲響了起來，這是祭祀山神的信號。老貓頭與八個壯漢不敢遲疑，撤離了大樹，去了山下。

山民們都聚集在河灘上。

他們不論男女都戴着鮮花紮的五彩花冠，脖子上吊着五彩花環，女人們腰中圍着五彩花裙，男人們都是圍着新採摘的樹葉做的裙子或者新的獸皮裙、樹皮裙。河灘是一片五彩花的世界，空氣中飄着花的香氣。一條長達百米的白茅草製作的草蓆鋪在河灘上，這是祭神的供席。茅蓆很是考究，蓆邊都織着好看的花紋。供席上擺設着九十九頭羊，一百樽美酒，一百枚花斑紋奇特、形如鵪鶉蛋狀的五彩石。山民還挖坑埋下了一百塊美玉，這玉器集天地之精的靈性，能夠傳達人對神的敬意，以獲取神的賜福。這時，供席燭點亮了，這是用百草製作的火把。一個女巫師與一個男祝師跳起了舞蹈，他們的花環比別人更長，臉與身軀都塗得又黑又灰，在歡快的鼓點下，人與花都在蹦跳、旋轉着。用獸皮、空樹幹

製作的大鼓、小鼓敲打得人心鼎沸。

　　山神來了。且看這山神模樣，長得如水牛一般，身軀碩大無比，有一雙細細的彎曲上翹的角，金毛披身，下頜有鬚，雙目閃光。山神飄在雲端。女巫師、男祝師停了舞，鼓聲陡息。山神說話了，聲似雷鳴：「怎麼祭品只有九十九頭羊呀？」一旁，頭人伏地而言：「回大神，小山遭怪獸吞食供羊，一時無從收齊，獨缺一隻。」山神鼻孔一響，地動山搖，顯然不悅。那個老貓頭從人群中跳了出來，伏跪叫道：「大神息怒，小的有辦法捉一頭小鹿來湊足百頭，我這就去。」老貓頭估計白鹿與叔公都快不行了，爬起身來欲走。就在這時，白鹿馱着叔公到了河灘，河灘上一片寂靜。

　　叔公從鹿背上下來伏地不起，白鹿也前蹄跪伏。山神問：「你是鹿的主人？」叔公答：「小人正是。」山神問：「你是來獻鹿的？」叔公說：「大神，祭奉大神我願獻鹿，只是有人想用鹿索要五石賞米，我心有不甘。」山神問：「為何？」叔公答：「這頭鹿從小為先祖收養，之後，小鹿侍候我家世代老人一千五百年，以求報恩，我豈能為貪五石米，而將其賤換。」山神說：「此鹿忠義。」叔公又說：「頭人受這賊人所惑，貪心鹿皮可榮子孫，食鹿肉可延千壽，派來一干人捉鹿、砍我家的一株老樹，這樹也是當初祖上拾而栽下的一株棄苗，五年之後開花結果，一千五百年恩報我家，使世代食其果腹。白鹿每年食得一片彩葉，護樹已一千五百年。這賊人欲置白鹿與我於死地。」山神說：「此

樹有情。」老貓頭忍不住跳起來，喊道：「此是妖鹿！」山神問：「何原？」老貓頭說：「這鹿殘殺生靈。」山神問：「怎講？」老貓頭說：「牠殺了獨角獸，殺了蛇，殺了鵰鷹！」山神問叔公：「可有此事？」叔公說：「一派胡言，獨角獸偷襲山羊，白鹿滅牠，是牠該死，至於蛇與鵰鷹，其因是這賊人在河上打漁遇難被白鹿所救，他昏迷不醒四十九天，為了救他，白鹿去千里之外的幽都山取蛇含草，途中差點被蛇與鵰吃了，所以白鹿才把蛇與鵰打死。」山神鼻孔一響，朝老貓頭吐了一口氣，說：「你這種恩將仇報的惡人，要你何用？」頓時，老貓頭變成了一頭羊。隨即，有山民把這頭羊捆了抬到祭布上。山神又問：「頭人安在？」頭人伏地良久，知道不妙，隨即叩頭連答：「小的在。」山神鼻孔一響：「你可知罪？」頭人答：「小的有罪。」山神厲聲說：「貪婪之人，要你何用！」說完朝頭人吐了一口氣，頭人變成了一隻蛤蟆。這時，眾山民都爭相去扶叔公起身，一人說：「叔公死了。」又摸摸白鹿，又說：「鹿也死了。」眾人愕然。

突然，天空響起了音樂聲，眾山民抬頭望去，一片五色祥雲之上，白鹿在引頸啼鳴，叔公騎在白鹿身上，身後還有一棵巨大的樹。第二天，上申山的山民都在傳——叔家的那棵大樹也死了。

不過至今，彩石屋還在，五彩石子路也還在。

《西山經·西次三經》

原文：又西北四百二十里，曰峚（普：mì｜粵：物）山。其上多**丹木**，員葉而赤莖，黃華而赤實，其味如飴，食之不飢。丹水出焉，西流注於稷澤，其中多**白玉**。是有**玉膏**，其原沸沸湯湯。

譯文：再往西北四百二十里，是峚山，山上多丹木，圓形的葉子，紅色的莖幹，開黃花，結紅果，果實的味道很甜，人吃了它就不會覺得飢餓。丹水發源於此，向西流入稷澤，水中多白色玉石。這裏有玉膏，玉膏之源湧出時一片沸騰。

原文：**玉膏**所出，以灌**丹木**，丹木五歲，五色乃清，五味乃馨。

譯文：用這裏的玉膏澆灌丹木，丹木經過五年的生長，便會開出五色花朵，結下香甜的五色果實。

《西山經·西次四經》

原文：又北百二十里，曰上申之山，上無草木而多硌（普：luò｜粵：樂）石，下多榛、楛，獸多**白鹿**。

譯文：鳥山再往北一百二十里是上申山。山上草木不生，大石裸露。而山下則生長着茂密的榛樹和楛樹。山上的野獸以白鹿居多。

白鹿（清·汪紱圖本）

　　白鹿寓意祥瑞，常與仙人為伍。普通的鹿生長千年毛皮就會變成蒼色，再生長五百年毛皮才能變白，足見白鹿的珍貴，古人認為只有在國泰民安的時候，白鹿才會出現。

《北山經·北次三經》

　　原文：西望幽都之山。浴水出焉。是有**大蛇**，赤首白身，其音如牛，見則其邑大旱。

　　譯文：向西可望幽都山，浴水發源於那裏，幽都山中有種大蛇，紅色的腦袋，白色的身子，身長可盤繞幽都山兩周，聲音如同牛叫，牠在哪裏出現，哪裏就會大旱。

大蛇（明·蔣應鎬圖本）

　　幽都山中有一種大蛇，赤色的腦袋，白色的身子，身長可以盤繞幽都山兩周，發出的聲音如同牛叫，牠在哪裏出現哪裏就會大旱。

《南山經·南次二經》

原文：又東五百里，曰鹿吳之山，上無草木，多金、石。澤更之水出焉，而南流注於滂水。水有獸焉，名曰**蠱鵰**，其狀如鵰而有角，其音如嬰兒之音，是食人。

譯文：再往東五百里，是鹿吳山。山上沒有花草樹木，但是有豐富的金屬礦物和玉石。澤更水發源於此，然後向南流入滂水。水中有一種叫蠱鵰的野獸，其形狀像普通的鵰鷹卻頭上長角，叫聲如同嬰兒啼哭，是能吃人的。

蠱鵰（明·胡文煥圖本）

蠱鵰，長着鵰嘴，獨角，叫聲如同嬰兒啼哭，是一種十分兇猛的野獸，能吃人，其大嘴一次可吞一人。

《西山經·西次一經》

原文：**羭**（普：yú │粵：余）**山**，神也，祠之用燭，齋百日以百犧，瘞（普：yì │粵：意）用百瑜，湯其酒百樽，嬰以百珪百璧。

譯文：羭次山山神是神奇威靈的，也要單獨祭祀，祭祀

羭次山山神用燭火，齋戒一百天後用一百隻毛色純正的牲畜，隨一百塊美玉埋入地下，燙一百樽美酒，陳列一百塊玉珪和一百塊玉璧。

羭山神（清・汪紱圖本）

羭山神十分神奇，需要單獨祭祀。祭祀羭山神需用燭火，齋戒百日後要用一百隻牲畜，隨一百塊美玉埋入地下，再燙一百樽美酒，陳列一百塊玉珪和一百塊玉璧。

恐怖猿猴

張錦江 文

有蝛山者，

有蝛民之國，

桑姓，食黍，

射蝛是食。

有人方扜弓射黃蛇，

名曰蝛人。

【大荒南經】

　　有座山叫蜮山[①]，山民都姓桑，鑿山洞而居，以樹葉或獸皮作衣遮體。有一戶山民，男的叫桑巴男，女的叫桑巴女，老的叫老桑巴，小的叫小桑巴，其實全家都叫桑巴。桑巴男與桑巴女年紀都不大，生了一個小桑巴，是男的，應該叫小桑巴男。桑巴男雖長相不強壯，赤膊的上身精精瘦瘦，肋骨根根突起，手臂的粗筋暴跳，腿骨、腳踵骨、腳趾骨都很明顯，但實際上卻很結實，皮緊，肉硬；瘦削的腦袋中心是粗黑的濃髮紮成的一個髮髻。桑巴男終年雙眉呈緊張狀地豎着，難有笑容，圍一圈豹皮裙。桑巴女呢，看起來卻龐大得很，豐乳肥臀，也赤身裸體，比桑巴男高半個頭，長髮披肩，臉相也與桑巴男差不多，兩道眉毛也少不了驚恐的神色，圍的是一圈樹葉裙。

　　桑巴家的小日子與其他山民們一樣，本是悠然而自得其樂的。蜮山有一種草，形狀像韭菜，開着青色的花，葉片很嫩，咬一口脆脆的，汁水有淡淡的甜味與香味；那花呢，更甜，像蜂蜜一般，這草有一個怪怪的名字叫祝餘，山民們

---

① 蜮山（普：yù｜粵：域）：《山海經》中記載的古山，山上有一種叫「蜮」的動物。

愛吃這草，只要吃一株幾天幾天夜都不會餓。當然，山民豈止吃草，他們在洞前洞後的山地上用石刀挖鬆一小塊一小塊地，種了旱稻，稻子熟了便用石碾碾出一粒粒黃米來，再把山溪的水放在石臼中用樹枝火煮成黃米飯，然後用手一把一把往嘴裏塞，黃米飯香糯可口。

其實，美味還有呢，桑巴男會玩弓箭，是好箭手，山中的男人都會一套箭術，桑巴男只要一拉弓射箭，必能射中目標，他常常射殺一種像鱉一樣的動物，那動物叫蜮，又叫短弧。牠有三隻腳，只有兩寸長，口中長有弩形一樣的器官，能夠噴出紫色的毒液來。人若接近牠，牠便能準確無誤地用紫毒液射中人，被射中者，輕者生瘡，重者喪命。山民們認為，蜮是鬼類，人見鬼不能懼怕，越怕鬼，鬼越纏身，因此，見鬼必殺。所以，山民常用弓射蜮，意外的是這蜮用火一烤，其肉香脆，含口即化，是美食野味。桑巴家常常享用這種美味。桑巴家的山洞前後還有許多樹，其中多為桂花樹，一到秋季滿山遍野桂香飄逸。還有一種樹，幹粗，紋黑，高大的枝杈上長着細長的葉片，是落葉木構樹，每年夏季開花，細瓣小花，粉紅色，此花有個名字叫迷穀，迷穀花很怪，能晝夜發出白光，耀目熾亮，照遍山野，使蜮山夏夜如同白晝。若此花女子插在頭上，男子佩在胸口，那麼在山林之中就不會迷失方向。

這等山野，桑姓山人樂在其中。桑巴家本該平和安寧地生活着，這一夜，卻驚恐萬分。

　　半夜時分，小桑巴男突然失蹤了。

　　小桑巴男是一個肉嘟嘟的嬰兒。他本來躺在一塊平整的大石頭上，一片肥大的芭蕉葉托着他，此刻只剩下那片肥大的芭蕉葉，小桑巴男不見了。

　　這是夏天的夜晚，洞外的迷穀花亮着，除了山影、樹影，一切都看得明明白白。桑巴家沉重的木柵洞門敞開着，山民們夏天都是不閉門睡覺的，桑巴女在緊挨孩子的一塊石頭上睡着，當然石頭也是用石刀鑿得很平整的石牀。桑巴女半夜還得給小桑巴男餵奶。桑巴男遠遠地睡在洞口的石牀上，守護着母子倆。

　　這事本不該發生，桑巴男一直警覺地睡着。弓箭就在手邊，只要有一絲動靜，他就會驚醒。山野時有蛇蠍犲狼虎豹出入，稍有風吹草動就會引來利箭穿身，所以，猛獸、蛇蠍一般不敢近山洞。那時，桑巴男只覺得耳邊一陣涼風，隨即躍身下地，定睛一看，只見一個黃絨絨的身影晃了一下，桑巴男不等身影消失，就搭弓一箭，「呀」的一聲，那身影黃光一閃，啼出一聲人的呻吟聲，桑巴男飛身近前，身影早已不見，留下的一支箭深插在巖石上，巖石裂了一道縫，可見這箭的厲害。桑巴男驚恐的眉毛蠕動了兩下，喉頭咕嚕一聲，牙縫裏擠出：「死猴！野雜種！」桑巴男的牙齒咬得咯咯響，手緊握着彎弓，嘴裏「吒吒」地喊叫，滿身的青筋與突凸的肉腱都暴跳起來。桑巴男判斷這是一隻身手矯健的猴子。桑巴女在抹着淚，雙肩一聳一聳地哭着。她不停地帶着

哭腔問：「怎麼辦啊？」桑巴男跺着腳連說：「去找！去找！去找！」

桑巴家的山洞擠滿了人，都不知如何是好。

黑色堅硬的樹影一動不動，山，靜寂得越加可怕。誰都擔心災難會降臨到自己的頭上。

第二天，桑巴男與山上的男人們滿山遍野地找，為了不迷路，胸口都佩着迷穀花，並且帶着弓箭。女人們在家燒好黃米飯定時往山林裏送，有孩子的在家護管着孩子，生怕猴子再把孩子搶走。第十天到了，小桑巴男還沒有下落。又過了五天，有人帶回了一副骷髏骨，山民們又一陣恐慌，都認為小桑巴男被猴子吃了。桑巴女哭暈了過去，躺在牀上三天三夜不吃飯。

這天，桑巴女昏沉沉地從石牀上爬了起來。她覺得與其在家待着等男人們的消息，不如自己也去山裏找。她摘了一朵迷穀花戴在頭上，以防迷路回不了家。她迷迷糊糊地走着，山洞外不見一個人影，男人們去山林裏了，女人們都躲在家裏。走着走着，她隱約見到一棵桂樹下有個影子，仔細再看，她「呀」的一聲尖叫，樹下明明是一個猴子，可她傷心過了頭，以為這不過是一個幻覺。於是，她使勁地搖頭，用手擰了一把大腿，感覺到疼，知道不會看錯，再往前。那隻猴子沿着樹幹轉圈圈，在樹下玩耍。她想想，自己赤手空拳，怎能捉住猴子？急中便會生智，桑巴女不笨，她想起家裏有一罐酒，可以先用酒把猴子灌醉，再捉牠。桑巴女想得

有點興奮，腦子也清醒多了，一陣小跑，取了酒罐，開了罐蓋，悄悄地放在離桂樹不遠的地方，一邊躲在一塊石頭後面。這酒好香，香味飄溢四散，猴子停止了轉圈，匍匐爬行到酒罐旁用鼻子聞聞，然後直立起來捧起酒罐就喝，咕咚咕咚喝得精光。這時，酒罐從猴子手裏落了下來，跌得粉碎，猴子隨後倒伏在山地上了。桑巴女的計謀得逞了。在這一千年之後，人們還在用桑巴女的計謀捉猴子。

　　桑巴女用繩子把猴子結結實實地捆縛了起來，這時，猴子說話了：「桑巴女，你這是做什麼呀？」桑巴女一驚，猴子怎麼會說話，還知道自己的名字，不覺手也哆嗦起來，便問：「什麼？猴子會說話？還知道我的名字？」猴子說：「哎，我還知道你祖上的名字呢。」桑巴女驚恐得眉毛上下舞動：「什麼？說。」猴子說：「你丈夫的父親叫老桑巴男，祖父叫老老桑巴男，桑巴家世世代代都叫桑巴，女人嫁給桑巴家就叫桑巴女。」桑巴女驚訝不止又問：「你是猴子還是鬼？還是妖？」猴子說：「什麼鬼不鬼，妖不妖，我是狌狌。」桑巴女急促起來：「我不管你是什麼，我要我兒子，你把我兒子弄到哪裏去了？」猴子說：「你找錯了。」桑巴女隨即吼叫起來：「我抓住猴子了！我抓住猴子了！」這一喊，山洞裏的女人一下子擁了出來，圍成一圈看猴子。有人向山林裏的男人們通風報信了。

　　山林的搜索停止了。山民們的目光都在這隻叫狌狌的猴子身上，一致認為兇手抓住了，而且這隻猴子會說話，一定

能向牠問出孩子的下落。

當天，對猴子的審問是在桑巴家的山洞裏進行的。

主審官是桑巴男，陪審是桑巴女。桑巴男認為，丟失的孩子是桑巴家的，外人在場不好。

那隻狌狌已被關在一隻籠子裏，那是一個粗木棍藤條紮的方籠。主審官與陪審各坐一張石凳，面朝籠子。

主審官問：「猴子！從哪來？」

狌狌答：「長右山。」

「這山在哪裏？」

「離此三百四十里。」

「這麼遠？來做什麼？」

「找好山好水。」

「我們這山有什麼好？」

「好啊，有樹有花有草，長右山寸草不生。」

「為什麼把我的孩子抓去？」

「這事沒有！」

「猴子！說真話！」

「句句是真。」

「不信！」

「人啊，疑心太重，真的當假的，假的當真的，真假不分。」

「你是隻惡猴！凶猴！壞猴！」

「我，不是。」

　　這時，主審官拿出了鐵證：一副骷髏頭骨。

　　主審官厲聲厲色喝道：「這是什麼？」

　　「頭骨。」

　　「你吃了我孩子？」

　　「沒有。」

　　「還想賴！」

　　「沒有就是沒有！」

　　「壞猴！壞透了！」

　　「人啊，一葉障目，好的當壞的，壞的當好的，好壞不辨。」

　　「惡猴！說！」

　　「沒有什麼說的，還是放了我吧。」

　　「不放！」

　　「不放的話，你們有麻煩了，明天就會有同伴來找我。」

　　「不怕！一起射殺！」

　　「還是放我吧，一是避免麻煩，二是我可幫你找一個神仙來，讓神仙幫助你找到孩子。」

　　「胡說，我不信神仙！」

　　「好吧，我不再說話了。」

　　審問沒有結果，因為不管再問什麼，狃狃就是一言不答。桑巴男仔細打量着木籠中的猴子，這猴子像猿猴，一身棕色的皮毛，一雙耳朵是白色的。桑巴男思忖，這猴子大小

與那天夜裏見到的差不多，但牠的皮毛不是黃的。他猶豫起來，又一想，這猴子說話像個教書先生，倒不是一般的猴子。他想，這猴子大概不是兇手。

第二天一早，只聽得滿山遍野的嘶叫聲。狌狌講的話顯靈了，牠的同伴來找牠了。山民們都嚇得躲在山洞裏，男人們神情緊張地拉着弓箭守在洞口。狌狌的同類們又蹦又跳又吼地向山洞圍過來。這時，狌狌對桑巴男說：「把籠子抬到洞口去，我對牠們說話。」桑巴男與桑巴女一起把木籠抬放在了洞口。山洞外的怒吼聲瞬間停住了，山林寂靜無聲，連鳥也不叫了。只聽狌狌說：「孩子們，回去吧，我沒有事，我會安全回來的。」就這樣，成群結隊的狌狌們都退走了。

就在狌狌群退走的當天午夜時分，桑巴家洞口出現了一個黃色的身影，這回不等牠進洞就被桑巴男的箭射了出來。桑巴家的動靜驚動了全山村。男人們都跟着桑巴男去追殺，直追到無影無蹤。一連三天，這個黃色的身影不肯離去，天天想衝進桑巴家的山洞。這黃猴到底想幹什麼？狌狌講出一個祕密：「這黃猴是怕我去請神仙，要殺我，快放我走。」桑巴男執意不放，他還是覺得狌狌在騙人。

桑巴男的固執釀成了大禍，山民們大難臨頭。

這一回，黃猴並不避弓箭，雖箭飛如雨，但牠手舞足蹈，左擋右閃，撥去不少飛箭，勇猛向前，迎箭而上，仍有飛箭射中，頓時被箭射成了刺蝟一般。黃猴並未停下，也未倒去，依舊呼嘯喊叫而來。山民大驚，都舉了石刀砍向黃

猴，黃猴毫不退縮，用利爪一陣亂摳，撕張着大口露出尖齒狂咬。這一陣廝殺，昏天黑地，山民中傷者無數，有被摳瞎眼的、摳破頭的，還有的被黃猴連皮帶肉咬得血淋淋的，但終究人多勢眾，黃猴還是被逼退了。桑巴男隨即聽從狌狌的話，毫不遲疑地放了狌狌，讓牠去找神仙。桑巴家的山洞有前後洞口，為怕黃猴追殺，狌狌是從後洞口走的。

黃猴又出現的時候，山民們驚呆了，還不到一個時辰，牠渾身的箭都不見了，看起來毫髮無損。牠似乎並不着急衝上來，而是站在一塊高高的山坡上。恐懼萬分的山民看得清清楚楚：這猴是猿猴，長着紅眼睛、紅嘴，金黃毛披身，發出亮光。莫不是天神下凡！一時間，所有山洞的大木門都被關得嚴嚴實實，山民不再與黃猴交戰。

桑巴家的山洞門依然開着。俄頃間，洞口一片白亮的光芒，走出一人，圓臉，慈眉善目，光亮的頭頂兩側有兩束桃狀的長髮，紅圓領繡邊的灰布上衣，腰紮藤甲，下露飄拂的紅裙，長着一根老虎的尾巴。這就是吉神泰逢，他從日和山而來。桑巴男與桑巴女尾隨其後。吉神並不言語，只伸出一根食指，指尖對着黃猴，頓時狂風大作，烏雲密佈，黃猴就被捲上天空，旋了幾圈，從空中摔了下來，跌落在桑巴家洞口前。黃猴趴在地上一動不動，一對紅眼不停眨巴，這時，吉神開口了：「畜牲！把孩子交出來！」一陣旋風，吉神捲着黃猴走了，不過眨眼之間，旋風又起，吉神抱着孩子回來了。桑巴男與桑巴女見小桑巴男失而復得，接過孩子，

喜極而泣，山野一片歡騰。吉神又一伸手指，山下的河裏飛出一條一條長着翅膀、渾身紅色斑紋的魚來，吉神說：「快吃魚，吃下可避兵刃之災。」山民們生火烤魚大嚼起來，受傷的山民吃了，傷口立即痊癒，眼瞎的也不瞎了。吉神又說：「這黃猴是從豐山來，離這裏三百里，我把牠打發回原籍了，這種黃猴天性喜歡製造恐怖，唯恐天下不亂。我告誡牠，待在原地，不許出山，如讓我再見到，叫牠有去無回。說是這樣說，但天性是難改的。」吉神又說：「黃猴是吃了飛魚才刀槍不傷的。」吉神說完，一道白光消失了。桑巴家與山民們想起了狌狌的救難之恩，隨即派人去長右山邀請狌狌們入住蚘山。自那時起，狌狌群遷至蚘山。

故事取材

《大荒南經》

原文：有蜮（普：yù | 粵：域）山者，<u>有蜮民之國</u>，桑姓，食黍（普：shǔ | 粵：暑），射蜮是食。有人方扞弓射黃蛇，名曰<u>蜮人</u>。

譯文：有座山叫蜮山，在這裏有個蜮民國，這裏的人姓桑，吃黃米飯，也把射死的蜮吃掉。有人正在拉弓射黃蛇，名叫蜮人。

蜮民国（清·汪紱圖本）

蜮民國裏的人姓桑，吃黃米飯，也把射死的蜮吃掉。

《南山經·南次一經》

原文：有獸焉，其狀如禺（普：yú | 粵：雨）而白耳，伏行人走，其名曰<u>狌狌</u>（普：xīng | 粵：猩），食之善走。

恐怖猿猴

35

譯文：山中還有一種野獸，形狀像猿猴，但長着一雙白色的耳朵，既能匍匐前行，又能像人一樣直立行走，名字叫狌狌，吃了牠的肉可以使人走得飛快。

狌狌（清・《吳友如畫寶》）

狌狌百餘頭為一群，常出沒在山谷中。通曉過去，卻無法知道未來，傳說吃了牠的肉，可以健步如飛。

《中山經・中次十一經》

原文：又東南三百里，曰豐山。有獸焉，其狀如猨，赤目赤喙，黃身，名曰雍（普：yōng｜粵：翁）和，見則國有大恐。

譯文：再往東南三百里，是豐山。山中有奇獸，形狀像猿猴，紅眼睛和紅嘴巴，黃身子，名叫雍和，牠在哪個國家出現，哪個國家就有恐怖事件發生。

白猿（明·蔣應鎬圖本）

樣子和猴差不多，
手臂粗大有力，腿長，
動作敏捷，擅長攀援，
時常發出哀怨的叫喊聲。

《中山經·中次三經》

原文：正回之水出焉，而北流注於河。其中多**飛魚**，其狀如豚而赤文，服之不畏雷，可以禦兵。

譯文：正回水發源於此，向北注入黃河。水中多飛魚，形狀像豬，渾身有紅色斑紋，吃了牠的肉就能使人不怕打雷，還可避免兵刃之災。

飛魚（清·蔣應鎬圖本）

形狀像豬，渾身長着紅色的斑紋。傳說吃了牠的肉就能不懼怕打雷，還可以避免兵刃之災。

恐怖猿猴

偽蛇

張錦江 文

相柳者，

九首人面，蛇身而青。

不敢北射，畏共工之臺。

臺在其東，臺四方，

隅有一蛇，虎色，首衝南方。

【海外北經】

　　荒野的記憶是在十年前，九座山頭不見生命，山與山的巖石裸露嶙峋、枯色蒼涼。這條巨蛇的安居，使禿山瘠崖繁茂起來。這是一條巨大無比的九頭蛇，每座山頭分擱着一顆蛇頭。這蛇頭的外形已不是通常見到的蛇形，而是一顆人頭，是一顆長着黑色短髮的男人的人頭，他的臉眉目清秀，終日微笑着，倘若有人突然看到這張蛇人臉定會驚恐萬分、毛骨悚然。

　　蛇的周身是綠色的，夾裹着一環一環黑色的花紋，軀幹如圓柱般，尾巴細尖，蛇身盤旋於九座山頭的山谷之間。凡蛇所觸動之處，都會化成沼澤、溪流與湖泊。水，滋潤着乾裂的枯石，讓死寂的山地有了生氣，漸漸地有了樹木、草叢。這蛇，潛伏十年，一動不動。山衣、山草把蛇的頭、臉、身軀都覆蓋得嚴嚴實實，讓人絲毫看不出蛇的半點身形。每座山頭都有一條清亮的溪水，並有一汪碧透、映得見天空的泉水，這泉眼四周開着鮮紅豔麗的五瓣花兒，花莖又細又嫩。蛇腹下是一個大大的湖泊，湖裏有魚，不時躍出水面，發出清脆的「卟卟」聲，平靜的水面皺起圈狀的水紋，還有一群群野鴨游弋着，水鳥或在空中盤旋，或安靜地棲息在湖面。這裏有了茅草屋、樹皮屋，有了村落與人。人們踏

在山地上會覺得軟軟的，都說這是神恩賜的山泥。山裏人不用挖土，撒一點種子就能種出旱稻來。山裏的人都說，這是世上哪裏也找不到的好地方。

一天，這山裏來了一位自稱仙姑的女人。女人有着纖細得如柳條一般的腰身，尖尖的下巴，眼睛滾圓而吐露寒光，顴骨高聳，頭頂盤一髮髻，上面插一根紅斑綠點的野雉羽毛，雙耳吊着一對又大又圓的藤條耳環，細頸上掛着一串白色的貝殼項鍊，穿着用魚刺與珊瑚做的裙子，走起路來「叮叮噹噹」，細腰兒扭來扭去，肋骨突起，裸露的上身有一對扁瘦的乳房。仙姑給山裏的女人們帶來了五光十色的飾品，有紅貝殼手鐲、白貝殼項鍊、藍海星耳環、綠珊瑚戒指，還有魚刺裙、海螺裙、龜甲裙。仙姑說，她是水神共工派來的，這些飾品是神聖的吉祥之物，誰得到了就會有神靈保佑。仙姑說話時，眼睛在女人們身上掃來掃去，眼裏露出的光讓人打寒顫，她那分叉的舌頭伸得很長，時不時地舔舐她那像刀削過一樣的鼻尖。女人們總是很驚恐地望着她。她把飾品分發給了九個豐腴肥碩的年輕女子，她們都有自己的名字，山裏人的名字是與山林生活有關的，她們中最大的二十二歲，最小的十五歲，她們的名字與樹木、花草顏色相連的叫：紅兒、藍兒、青兒；她們的名字與動物相關的叫：兔兒、羊兒、魚兒；她們的名字與天氣相照應的叫：風兒、雨兒、月兒。仙姑把紅兒、藍兒、青兒、兔兒、羊兒、魚兒、風兒、雨兒、月兒留了下來，並打發走了其他的女

子。儘管這些女子有點怕仙姑的眼睛與舌頭，卻又十分垂涎她許諾會帶來的飾品，所以不得不聽命於她。仙姑問九個女孩：「你們去過山頂嗎？」九個女孩紛紛搖頭表示：「家裏人不讓女孩子上山頂，說那裏有巡山的山神，怕得罪山神，連男人們也不敢上去。」仙姑說：「可惜了，山頂有泉水、有花，泉水清亮亮的，花兒火紅紅的，好看得不得了，想不想去啊？」九個女孩搖頭：「想是想，不敢去。」仙姑說：「別怕，有我呢，我是水神派來陪你們去的，不過一天只能陪一個上山，先從紅兒開始。」九個女孩連連點頭。

第二天一早，仙姑與紅兒一起登上了九座山頭中的一個。一到山頂，眼前的景色讓紅兒驚呆了：這裏確實有一眼泉水，亮晶晶的，反着天光，泉眼的四周開滿了紅豔豔的花，像鮮紅的血凝固在那裏。仙姑說：「沒騙你吧，這泉多清，這花多好，來，快摘一朵戴在耳朵上！摘一片花瓣貼在嘴唇上，來呀，快摘呀！」紅兒摘了一朵花夾在耳朵上，又摘了一片花瓣貼在了嘴唇上，不一會兒，仙姑說：「把花瓣拿掉，來泉水裏照照看，看看自己漂亮不漂亮？」紅兒順從地把頭伸到泉眼裏看了看打扮好的自己，這一看，讓紅兒驚呆了，只見平靜的泉水裏映現出一個夾花、紅唇的女孩，好看極了。就在這一瞬間，仙姑從後面托起紅兒把她往泉眼一推，泉眼突然合上了——其實這是一個無比厲害的長着人臉的蛇的大嘴，這大嘴始終張着，還一直含着一口水，就變成了泉眼。蛇一口便把紅兒吞食了。這仙姑當然不是什麼水神

派來的，而是這條九頭人面蛇派遣的兇手，她不過是九頭人面蛇施了魔法的一條小水蛇變的。

小水蛇繼續裝扮成仙姑的樣子，下了山，大家看紅兒沒有跟她回來，心生疑惑。她解釋說：「紅兒被水神請到水宮去做客了。」就這樣，她又輕而易舉地把藍兒、青兒、兔兒、羊兒、魚兒、風兒、雨兒、月兒，一一送到另外八個山頭的蛇頭嘴裏。山村的人終究老實敦厚，都堅信九個女孩是被水神請去做客了。這是個小村落，山村的人本來就稀少，九個胖墩墩的女孩消失後，剩下的女孩都是瘦瘦的。

沒過幾天，仙姑又來了，仙姑說：「水神讓我帶口信來，九個女孩在水宮裏天天吃山珍海味，玩得不想回來了，水神還說，讓她們多玩幾天，走的時候每人都會送成堆的水宮珠寶。」仙姑邊說邊將野豬肉、野兔肉、野羊肉分發給那些瘦瘦的女孩，「水神喜歡胖胖的女孩，你們趕緊吃肉，吃胖了也去水宮做客。」瘦女孩們分了肉，歡天喜地地回家去吃了。兩個月之後，又有九個肥肥嫩嫩的女孩被仙姑挑中了。這九個女孩同樣被小水蛇變的仙姑引上山，讓九個山頭的蛇頭吞食了，她們甚至連名字都沒有留下。如今，山村裏再也沒有適齡的可吃的女孩了，只剩下一些小小女孩，要等三五年才能吃。就這樣，仙姑再也沒有露過面。山村裏的人這才覺得不對勁，十八個女孩去水宮做客不歸這是不可能的事，大家也不知該怎麼辦，有幾個膽大的男人拿着弓箭上山找，找來找去，也沒有找到一個女孩的身影。

　　然而村中總是有奇異的事情發生。山村裏有一對雙胞胎女孩分別叫大雙和二雙，這日上山打柴迷了路，登上了山頭，大雙見一隻大鳥飛落在一圈鮮紅的花上，大鳥把頭向前一伸像是在喝水，一眨眼就不見了。大雙趕過去一看，是一汪泉水，就招呼二雙說：「是泉水，來看呀！」大雙的話音剛落就一頭栽了下去。二雙大驚失色，連叫：「大雙！大雙！救命！救命！」邊叫邊連滾帶爬地往山下奔去。回到家中，二雙嚇得痛哭流涕地對爹媽說：「大雙被吃人泉吃了。」山村裏的男人們隨即都聚了起來，拿着弓箭上了山，但到了那裏卻並沒有找到吃人泉，連花也沒有，眾人好生奇怪。二雙連哭帶喊：「大雙呀，你在哪裏呀！」大雙的爹媽哭得呼天搶地，最後暈厥了過去，這一幕戳痛了一些失蹤女孩爹媽的心，他們也紛紛淚流滿面。現在，誰都知道了女孩是讓仙姑騙上山給吃人泉吞了。眾山民都想找仙姑算帳，仙姑偏偏不再露面，眾山民無法可想。

　　一晃五年過去了，山村的小小女孩又都長成了大姑娘。誰都想不到的是，仙姑這時又出現了。仇人相見分外眼紅，一時間眾山民把仙姑圍了起來，你一句他一句地怒吼着：「你把我的女兒送吃人泉吃了，還我女兒！」仙姑一笑，長舌一舐鼻尖說：「哪裏有這種事？告訴你們這些親爹親媽們，你們的女兒都在水宮做公主啦！不信，隨我上山。」眾人雖不信卻還是隨她上了山。令人驚奇的是，那泉眼與紅花又復現了，也就是說，泉眼與花是可活動的東西，也有

人猜這是怪泉。仙姑二話不說，把自己的頭伸進了泉眼，說：「這泉眼會吃人嗎？不會，決不會，我的好爹好娘們，你們也試試。來，不用怕。」仙姑拉着一個山民的手讓他試，那山民害怕得直往後縮。又拉一個，也退得遠遠的。最後，總算有人自告奮勇上去了，把頭小心翼翼地伸過去，仙姑問：「看到泉水啦？」那人說：「看到了。」仙姑連說：「你看，你看，沒事吧。也就是說，這泉不會吃人。那個大雙姑娘也是被請到水宮做客去了，怎麼可能是被吃人泉吃了呢？」在場的人開始在泉眼上伸脖子試，也都太平無事。二雙爭辯道：「不可能！是我親眼看到的，大雙被吃了。」仙姑說：「小姑娘呀，你一定是看花眼了，現在你不是也試過啦？哪會吃人，哪一個被吃啦？眼見為實嘛！」仙姑的分叉長舌不住地舐鼻尖，又話鋒一轉，「親爹親媽們唷，我知道你們想自己的女兒，好吧，我們下山到海邊去，把你們當了水宮公主的女兒接回去。」仙姑的能言善辯，讓山民們無話可說，只能乖乖地跟着下山了。

　　海，就在山腳下。海灘軟軟的，山民們站在上面心裏不踏實，不知道接下來會發生什麼。仙姑手指着不遠處的地方說：「看見沒有？那裏有一個四方形的山石高台，高台的每個角上都有一條蛇守着。蛇身上的斑紋都與老虎相似，頭向着南方，那就是水神共工的神台。」那裏確實有一高高的石頭方台，眾人都稱看到了。仙姑繼續說：「共工的水宮很大很大，我們腳前的海的底下就是神奇輝煌的水宮，現在請

親爹親娘們閉上眼睛，我拍三下手，你們再睜開眼睛，你們的女兒就回來了，如果有人不等我拍三下便睜開眼，你的女兒就永遠回不來了。」話音剛落，大家都立即閉上了眼睛，閉得緊緊的，不透一點光。仙姑「卟卟卟」三掌聲過後，眾人一齊睜開眼，果真看見海面上一群女孩踏波而來，親爹親娘們趕緊辨認自己的寶貝女兒，紅兒、藍兒、青兒、兔兒、羊兒、魚兒、風兒、雨兒、月兒，還有九個未留下名字的女孩，甚至還有大雙也在其中，這群女孩到了岸灘上與自己的親人們重逢，親人們個個都喜極而泣。每個女孩都手捧五顆閃閃發光的珍珠，個個都言水宮如何美妙無比、富麗堂皇，又爭相稱說，五顆珍珠是水神贈賜給公主的。每個女孩打扮得也都如仙姑一樣，誰能不信，誰能不瞠目結舌。於是，親爹親媽牽着自己女兒的手回家去了。

就在失蹤的女孩返回家的當日，仙姑又挑選了九名長成大姑娘的肥腴的女孩，打扮好去水宮做客，因為之前有眼見為實的例子，仙姑更是輕而易舉使女孩子踴躍前往。一天之內，就有兩位天真爛漫的女孩被送上山飽了兩顆蛇頭的口腹。二雙也是被選中的候着上山的一個，這時她已不太懷疑仙姑的話了，因為她看到大雙回來了，這是不爭的事實，她甚至懷疑自己當時看到的一切是否存在着。騙局的迷霧讓人往往無法看清真相。

不過，返回的女孩有一些奇怪的行為，這讓山民們不解。這裏有兩段對話，有一段是這樣的，二雙問大雙：

「姐，你的舌頭怎麼這麼長，還開着叉，多嚇人呀！」大雙答：「妹，人在水宮裏要呼吸空氣，必須舌長而開叉，否則會悶死的。」二雙又問：「姐，你的眼光跟過去不一樣，冷冷的，也讓人好怕呀。」大雙說：「妹，人的眼睛天天泡在冰冷的海水中，眼光也冷了，你摸摸我的手、我的皮，也都冰涼的。」二雙碰了碰大雙的手和皮膚，真的冷得讓她直打顫。還有一段是這樣的，紅兒爹問紅兒：「好閨女，你走路不像以前跟一陣風似的，怎麼一扭一扭地走？」紅兒答：「爹，水宮內的人都這麼走的。」紅兒爹又問紅兒：「好閨女，你吃飯不像以前那麼細嚼慢嚥了，怎麼會一口一口吞下去呢？」紅兒答：「在水宮內習慣了，都是這麼吞吃的。」

這一天，凡是有女孩返回的家庭，都有類似的問話與疑惑，不過，女孩們回答得都恰到好處，沒有任何漏洞，畢竟女孩離家數年能回來已經是不幸之中的萬幸了，親爹親媽懸着的心都安穩了，晚上也都早早上牀睡覺了。二雙卻睡不着，她還是想着大雙被吃人泉吃下去的事，還有大雙的種種怪異。半夜起來點了油燈，她與大雙睡一張牀，看看大雙睡覺捲曲成一團，好生奇怪，過去大雙都直挺挺仰面而睡的，如今怎麼會是這種睡法？越想越生疑，一夜都未睡好，天還矇矇亮她就起了牀，再次點上油燈，一看牀上只有一條小蛇，而大雙卻不見了，二雙嚇得魂飛魄散，立馬驚叫起來，這一叫驚動了爹媽，爹是村裏有名的弓箭手，一箭就射中了小蛇的蛇頭，小蛇蠕動了幾下就死了。二雙爹媽驚呆了，二

雙也驚呆了，大雙是小蛇變的，枴子上的珠寶也不見了，只是五粒小石子，這些都是假的。二雙家發生的這番驚天動地的事，同時也在另外十八家有回歸女孩的屋子裏發生了——小蛇都顯了原形，日思夜盼的女孩都不見了！山村裏弓箭手全部出動，將小蛇全部射殺。山民們點起火把，在村口等候仙姑到來。因為仙姑先前說過，今日還要帶女孩上山去水宮做客。這一夜山村裏發生的驟變，仙姑並未料到，當她出現時，竟然還若無其事一般，細腰兒一扭一扭地走過來。山民們一哄而上將她團團圍住，所有的弓箭都對着她，一頭人喝道：「你這賤婦！老實說，把我們的女孩子弄到哪裏去了？否則，亂箭射死！」仙姑頓時面如土色地說：「頭人休怒，我也是受相柳氏所指使。這相柳氏正是共工水神手下一員大將，牠是一條巨大的人面九頭蛇，九頭分擱在九座山頭。相柳氏讓我專挑肥腴的女孩供牠食用，已經吃了二十一個女孩了，確實是我一次次在欺騙你們，我與回來的女孩都是相柳氏施了魔法的小蛇變的。不過，你們可要當心，整個村子都在蛇背上，你看這一地軟軟的泥土，這就是蛇背，山頭的泉眼就是大蛇張開的嘴，嘴裏始終含着一口水。我知道我是幫兇，我該死，也活不了了，我把這一切都告訴你們了。」仙姑說到此，用分叉的舌頭舔了一下鼻尖兒又說，「我這小命兒就要完了，我還想說一句，人啊，怎麼那麼容易上當受騙呢，我想不明白。」山民們後悔莫及，真是被騙到底了，都恨不得把她吃了，咬牙切齒之間一齊把箭射了出去，頓時仙

姑被射成了刺蝟樣，現出了原形，原來她真是一條小蛇。

如何處治這條叫相柳氏的九頭大蛇，山民們頓時沒了主意，相柳氏雖不是神仙，但也是能施魔法的妖蛇，非凡間一般人可敵的。起先，他們曾想用亂箭射蛇頭，後又有顧慮，因共工神台就在山下，對着共工神台射箭是犯忌的。若是觸犯了力大無比的水中大神，大家一個也活不了。災難正是人的猶豫釀下的。這天夜裏發生了一件事：一頭大如磐石的豪豬被九頭蛇其中一蛇頭吞食了，豪豬壯碩無比的身軀上遍裹着一根根堅硬的豪毛，蛇一口吞入腹中，如萬箭穿腸，痛不欲生，這條盤山的巨蛇翻滾起來，這一下山崩地裂，洶湧洪水鋪天蓋地而來，漫山遍野瞬間都被肆虐的洪水淹沒了。山村消失了，山民們都葬身惡水之中，唯一逃出的人就是二雙。她的逃出是個謎，至今無人知道。

二雙逃出之後，將這裏發生的事告訴了一個人，這人不是一般人，正是趕來治山洪的大禹。大禹魁偉挺拔，兩道濃眉揚起，頭頂梳一髮髻，紮一方白巾，穿一身純白繡花戰袍，束一緊身白玉腰帶，兩箭袖泛着銀光，袍擺飄拂，腰間佩掛一柄雙龍戲珠寶劍，足蹬棕櫚麻網裹腳長靴，手持一柄大斧。大禹帶着隨從飛馬而至，此時，蛇已不再翻滾，蛇的消化力極強，更何況牠是蛇妖。蛇，依舊九頭分攔九座山頭；蛇，仍故伎重演，欲再潛伏十年，待山林復生，再吞食生靈。大禹展目而視，只見洪波漫漫，山林皆埋沒水中。他即令一聲：「應龍退水！」只見金光一道，一條帶翼的金龍

騰空而起，然後用龍尾拍水而飛，水隨龍尾的曳擊迅速傾瀉山下海中。這時，大蛇龐大的、滾圓如柱的身軀赫然顯現出來，蛇身盤纏九山，填滿山谷。只見，大禹揮舞手中天帝所賜的大板斧，大喝一聲：「妖蛇看斧！」話音剛落，大斧隨手拋入雲端，頓時白光閃閃，化成九柄銀斧從天而降，齊刷刷地向分擱九座山頭的蛇頭砍去，蛇頭立即頭斷血噴，九頭蛇的頭全被砍了下來，污血從九座山頭奔瀉而下，一股腥臭味瀰漫開來。大禹手一伸，斧落收回，又一聲喝道：「旋龜填谷！」大禹身旁隨即爬出一隻大龜來，這龜長有鳥頭蛇尾，龜甲上馱有分成一小塊一小塊的泥土。旋龜吼叫起來，如剖開破木頭的聲音，牠划動四足向山谷而去，一面爬一面卸下龜背下的土塊，土塊落下便迅速成為一片平地，把蛇身也覆蓋了。然而，突然聽得「轟」的一聲震響，土崩地陷，蛇身陷入地下，成了一個又深又長的環山坑壕。大禹手一揮，令大龜再填，大龜又背土而填，但是又崩陷了，大禹大驚，繼而還令大龜填土，還是塌陷。於是大禹即令百餘隨從連夜挖掘塌陷的泥土，堆成一個高台來焚香點燭，供奉堯、嚳、丹朱、舜眾帝，大禹稱命其為帝台。再令旋龜填土，奇怪的是，這次山地不再塌陷。之後，九山沃土再生。不出一年，九山又是青山綠水，村舍重現。

偽
蛇

故事取材

《海外北經》

原文：共工之臣曰**相柳氏**，九首，以食於九山。相柳之所抵，厥為澤谿。禹殺相柳，其血腥，不可以樹五穀種。禹厥之，三仞三沮，乃以為眾帝之臺。

譯文：天神共工的臣子相柳氏，有九個頭，每個頭都可以吃掉一座山。相柳氏所經過的地方，土石便全被挖掘成沼澤和溪流。大禹殺死了相柳氏，其血流過的地方發出腥臭味，不能種植五穀。大禹挖填這地方，屢填屢陷，於是大禹便用挖掘出來的泥土為眾帝修造了帝台。

相柳（清·汪紱圖本）

相傳相柳為了吃人，豢養了一班兇人，替牠在百姓中選擇豐腴之人，供牠吞食。同時對那些瘦瘠的百姓施之以恩惠，可以博得他們的稱譽，以掩飾牠擇肥而食的殘酷。

《大荒東經》

原文：大荒東北隅中，有山名曰凶犁土丘。**應龍**處南極，殺蚩尤與夸父，不得復上，故下數旱。旱而為應龍之狀，乃得大雨。

譯文：在大荒的東北角上，有一座山名叫凶犁土丘山。應龍就住在這座山的最南端，因其殺了蚩尤和夸父，不能再回到天上，天上因沒了行雲佈雨的應龍而使得下界常常鬧旱災。下界的人們一遇天旱就裝扮成應龍的樣子求雨，這樣一來，就能得到大雨。

應龍 （明·蔣應鎬圖本）

蛟千年化為龍，龍五百年化為角龍，角龍再過千年才能化為應龍。在大禹治水的時候，應龍用龍尾在地上畫出河道，引洪水流向大海。

《中山經·中次六經》

原文：又西七十二里，曰密山。其陽多玉，其陰多鐵。豪水出焉，而南流注於洛。其中多**旋龜**，其狀鳥首而鼈尾，其音如判木。無草木。

偽蛇

譯文：再往西七十二里，是密山。山南產美玉，山北有豐富的鐵礦。豪水發源於此，向南注入洛水，水中多旋龜，長有鳥頭、鼈一樣的尾巴，聲音如敲打木棒。山上沒有花草樹木。

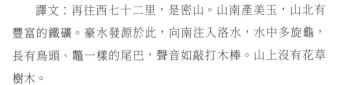

旋龜（清·畢沅圖本）

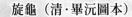

傳說大禹治水時，有兩大神獸──應龍與旋龜予以協助。旋龜的樣子像普通的烏龜，但卻長着鳥的頭、毒蛇的尾巴。牠叫起來就像敲擊破木的聲音。人們帶着牠，不會耳聾。

狪狪

王仲儒 文

又南三百里，曰泰山。

其上多玉，

其下多金。

有獸焉，

其狀如豚而有珠，

名曰狪狪。

【東山經・東次一經】

　　小狪狪醒來時，躺在河灘上。

　　牠遍體鱗傷，被尖石刮破的創口，一道又一道，還在流血。牠動彈一下，筋骨無礙，於是掙扎着站起，頭欲裂，眼一黑，搖搖晃晃，又要倒下；牠拼命撐住，喘一喘，定睛環望，山無影，水無蹤，雨霧茫茫，一種悲涼陡然升起。

　　七天七夜，驟雨未歇，雨水匯成急流，轟然沖垮了囚禁狪狪家族的圍堰。小狪狪記得，山洪襲來時，父母合力把牠推上一根浮木。牠抱緊浮木，瞬間漂出很遠，回頭看時，天水蒼茫，已無跡可循。

　　牠一路尖叫，顛簸，旋轉，碰撞，時而被淹沒，時而又被托起，直至被捲入一個黑洞，在驚嚇中昏厥，之後，一股莫名的力量又把牠推送至河岸，才幸運得救。

　　母親呢？父親呢？兄弟姐妹呢？小狪狪站在岸邊，搜尋水面上的漂浮物。藤蔓、樹枝、鹿角、牛的後臀、折翅的水禽，就是不見親人的蹤影。小狪狪絕望，卻也懷揣希望，牠在水岸邊徘徊，不知該順流而下，還是逆流而上。牠無奈而無助，哭了起來。

　　這真為難牠了。

　　牠是家族裏最年幼的孩子，況且，牠只是一頭豬。

不過，牠是一頭紫色的豬。這是遺傳的膚色，狪狪家族成員都是紫色的，小豬粉紫，大豬醬紫，好似一群玩偶，極易被人擄獲來當作寵物豢養。所以，母親告誡小狪狪，隱蔽，隱蔽，再隱蔽；警惕，警惕，再警惕。

白天，狪狪家族隱伏在樹叢深處，無聲而迅捷地啃食鮮草和塊莖；夜晚，牠們蜷縮在用樹枝和藤蔓搭建的掩體中淺睡，稍有風聲，立即撤離。春秋兩季，穀雨或白露時節，牠們冒險走出叢林，遁入山谷，禁食一天后，大肆啃食礦物含量極高的碎石，以彌補身體之需。接着幾天，牠們藏匿於山間洞窟，痛苦地消化。

當如約而至的暴雨席捲山谷，牠們走出洞窟，圍成圓圈，族長站立中央，手執一柄碩大的動物脛骨，吹出低沉的號音。狪狪們隨着號音，有節奏地低吼，頓足，旋轉。牠們不斷地扭動，像貓一樣，蜷縮成團，又突然奮力拉伸，漸漸地，牠們身體變得柔軟和舒展，表情也不再痛苦，洋溢出一種愉悅和亢奮。急流一波又一波傾瀉而下，牠們迎着水流，彼此牽手，喊着號子，舒暢地排出碎石。這些經過狪狪消化系統研磨的碎石，形似珠，潤如玉，在暗夜裏閃爍，如燈，似火，把谷底裝扮成璀璨的銀河。

可惜，如此奇幻的景象，只是曇花一現般的短暫，又一波急流奔騰湧來，珠子被悉數捲走，無影無蹤。山谷重歸幽暗寂靜，彷彿什麼也未發生。

產珠儀式結束後，狪狪們集體封口，絕不提及，牠們都

知道：產珠，是家族祕密，是天機，不可泄露。不然，會招致滅頂之災。

可是，天下哪有不透風的牆？

一隻失足的小螃蟹，被急流帶入谷底，無意間目睹一切，而一顆遺落在石縫裏的珠子，又恰恰證明狪狪產珠並非傳聞，而是真實存在着的。

更不幸的是，小螃蟹做了告密者。

小螃蟹把珠子藏進肚臍裏，意欲進貢給統領螃蟹族群的女王。牠翻山越嶺，晝伏夜行。三個月後，牠風塵僕僕地來到一個瘴氣瀰漫的陰森之地。乳白色綢緞狀的霧氣，籠罩着大片沼澤，水波黏稠，幽光閃爍。一座搖搖晃晃的棧橋，忽隱忽現，如蟒蛇一樣，逶迤而行。橋盡頭，歪着兩棵大樹，樹上寄生着彼岸花，一叢一叢，像血一樣絢爛而驚悚。再往前，濃霧像緞帶，繚繞着一棵半枯半榮的參天古樹，樹根處，凹着一個巨大的樹洞，這就是女王的寢宮。

洞口，兩隻大螃蟹持螯而立，攔住小螃蟹。

小螃蟹哆哆嗦嗦，從肚臍裏取出珠子，那珠子恍若一小簇燈火，在迷霧中跳動，看得大螃蟹兩眼發直。

「進。」一個虛飄的女聲，迴響着，從樹洞裏傳出。

一團螢火蟲球，像個燈籠，引領小螃蟹走入樹洞。樹洞空蕩幽暗，異香熏人，女王身披斗篷，以袖蒙面，斜靠在一個狀似臥榻的樹樁上。背後有一排樹枝屏風，纏繞着花朵，一隻鸚鵡在屏風上跳來跳去。

　　小螃蟹捧出珠子，珠子螢光一閃，周遭黯然失色。

　　昏暗中，那珠子好似一滴冰晶，卻內藏乾坤。它裏面隱約有山水圖景，且隨光影浮動變幻，堪稱世間罕有。鸚鵡一陣雀躍，飛來銜住，呈獻女王。

　　「妙。」女王的聲音細如游絲，卻被穹頂不斷擴大，彷彿來自天外。

　　小螃蟹抬頭，瞥見珠子的微光映出女王的暗影，輪廓凌厲，面容難辨，好似一個深洞，卻有吸人魂魄的魔力。小螃蟹像被催眠了一樣，雙目失神，呆望着女王。

　　「乖。」女王柔聲誘導，透着陰冷之氣。小螃蟹夢囈一樣，吐出一個一個細細的泡沫。泡沫的生滅中，有聲響，好似喃喃說出一個字或一個詞——山谷、礦石、狪狪、紫色、雨、溪流、珠子，像是一串神祕的密碼，令人費解。

　　但是，女王聽懂了。她擅長意象遊戲，憑想像和推測，瞬間拼接出狪狪的生活地圖。

　　女王輕拂衣袖，裊娜地移到洞口，一聲令下：「起。」頓時，妖風四起，吹散霧氣，也帶來濃重的腥味。小螃蟹眼前一陣迷糊，疊影重重，萬千螃蟹蜂擁而來，讓牠感覺被吞沒、被踩踏。牠既恐懼，也懊悔，但為時已晚。

　　又到了產珠的季節。

　　當狪狪家族產下珠子，趴在谷底泥淖中喘息時，發現身邊的泥漿似在沸騰，一個接一個冒泡，密密麻麻，堆積着，滾動着，形成一層厚厚的浮沫。然後，一支龐大的螃蟹部

隊，像幽靈一樣現身，牠們高舉利螯，把狪狪家族團團圍住。

狪狪一家慌忙起身，跟隨族長突圍，無奈，螃蟹部隊就像一張粘附在腳下的地毯，始終無法擺脫掉。狪狪們精疲力竭，癱倒在地，螃蟹也停止追隨，稍事休整，遠望去，好像一片雨後稀鬆的泥土，滋滋地冒着水泡。積蓄好力量後，狪狪們兵分幾路，四處狂奔，螃蟹也散成幾個縱隊，緊追不捨。沿途，有鳥獸遺棄的樹穴和地洞，狪狪們試圖趁其不備，鑽入藏身，卻不料早被螃蟹識破，搶先一步，佔領了洞穴。小狪狪父親率家族成員逃到河邊，意欲泅渡脫身，只見螃蟹部隊迅速變換隊形，一半在岸邊，一半在水中，像疊羅漢一樣，一層又一層，築起一道圍堰，嚴嚴實實堵住了狪狪家族最後的逃亡之路。

父親長歎，母親抽泣，只有小狪狪天真地猜測：或許，這只是一個遊戲？

夜幕是塊遮羞布。

白天，螃蟹部隊的監視，讓狪狪一家感到不安、尷尬和屈辱。牠們瑟縮在岸邊，彼此掩護和安慰。天色漸暗，萬物化作黑影，牠們稍感自如，輕聲咀嚼着堆放在圍堰中央的豐盛美食——鮮葉、嫩芽、野果、番薯、板栗。之後，母親用食物莖蔓及盛放食物的闊葉，編織成薄被，一家人蓋着，輾轉反側，難以入眠。

這天，螃蟹部隊突然換崗，圍堰像潮汐一樣消退，瞬間又重新築起。堆放在河岸上的食物和殘渣，也被清理得乾乾

淨淨。四隻彪悍的大螃蟹，分立四角，舉着大螯，看押着狪狪們。狪狪家族預感大禍臨頭，頓時驚恐萬分，擠作一團，本能地低吼，像在鼓勁和自衛。螃蟹們齊聲吐泡泡，「啵，啵，啵」，如同擊掌一樣，整齊有力。圍堰豁開一個口子，鸚鵡飛來，繞着圍堰轉一圈，高聲報信：「女王駕到。」

只見螃蟹方陣開道，八隻蟾蜍抬一頂藤編轎子隨後，轎上纏滿奇花，女王倚坐轎中，身披青色斗篷，頭戴蝴蝶面具，顯得威嚴而妖嬈。

女王仰首，面具閃爍，恰似蝴蝶飛舞。狪狪們驚呼：「珠子!」那蝴蝶面具，竟是狪狪之珠編綴而成。

女王環顧四周，眾螃蟹肅立，鸚鵡飛落到她肩上耳語了幾句，又飛出圍堰，引來一隊螃蟹。牠們由小螃蟹領頭，雙螯鉗住一枚果殼，殼內盛着幾顆石子，行至小狪狪一家跟前，將果殼擺成一排，像是一個食槽。小螃蟹放下果殼，一抬頭，恰好與小狪狪對視，看到一頭可愛的紫色小豬，目光無辜，又想到牠將要經受的磨難，不禁心生惻隱和自責之情，於是垂下眼簾，不敢再相望。

狪狪們看見石子，幡然醒悟：女王要把牠們當作產珠機器。牠們靜坐，忽而又低吼，宣泄怨憤，或掀翻果殼，踩踏，以示抗爭，甚至，牠們自殘，對着圍堰衝撞，企圖殺出一條血路，重獲自由和尊嚴，然而這一切都是徒勞。牠們寡不敵眾，傷痕累累，紫色皮膚上被蟹螯刺出一朵朵鮮紅的血花，這是抗爭的勳章，卻也是失利的烙印，但是，牠們勇毅

而堅定，顯示出寧為玉碎的決心。

　　女王拂袖而去，鸚鵡飛去又飛回，傳達女王的指令：「破。」

　　一支螃蟹縱隊攻破了狪狪家族的陣營，把小狪狪單獨包圍，當作人質。小狪狪如困獸般狂躁，奔突，亂撞，於是，螃蟹縱隊舉着螯，佯裝攻擊，嚇得小狪狪尖叫連連。牠的母親痛苦揪心，蜷作一團，父親和其牠家人欲衝入營救，又被蟹螯頂回。母親忍，忍，忍，終於「嗷」的一聲，埋頭舔食散失的石子，父親和其牠家人見狀，也跟着舔食，直到一顆不剩。

　　小狪狪終於被釋放，母親緊摟着牠，沒有眼淚。周圍一片死寂，到處瀰漫着絕望的氣息，這場景讓小螃蟹真的心碎了，牠顫抖着，掩面而泣。

　　狪狪們產下了血珠。

　　頻繁地產珠，使得狪狪們臟器受損，珠子上洇漬着牠們的血印，絲絲縷縷，點點滴滴，深深淺淺，像一幅水墨畫，着實奇美。

　　女王把血珠串編成一襲披肩，搭在青色斗篷外，立在沼澤邊，對影顧盼，只見一貴婦如水草般輕搖，她的蝴蝶面具和血珠披肩熠熠閃爍，女王顫不停，似在笑，接着衣袖一甩，發覺脖頸處稍顯空洞，心想：若掛上一根頸鏈，那就齊全了。

　　女王又下了任務書，這可害苦了狪狪們，牠們虛弱至

極，雙目失神，彼此依靠着、安慰着，希冀天降神兵，助牠們掙脫苦海。

這時候，下雨了。

七天七夜，驟雨未歇，河水暴漲，圍堰底部鬆動，微晃，岌岌可危。小螃蟹守在圍堰頂層，感到陣陣暈眩，牠還感到很冷，脊背被雨水澆得發白，透心涼。水已齊腰深，狦狦們攙扶着，搖搖晃晃，抵抗湧動的水流。一個洪峰，裹挾着山石、樹枝和動物殘肢，洶湧來襲。螃蟹部隊遭到樹幹猛擊，斷臂折腿，傷兵滿營，圍堰像多米諾骨牌一樣，「稀哩嘩啦」地垮塌。

小螃蟹看見小狦狦被推上一根浮木，浮木從跟前掠過的瞬間，小螃蟹和夥伴們恰巧落在木上，牠們緊抓枝條，順流而下。途中，小狦狦被捲入漩渦，小螃蟹縱身一躍，夥伴們緊緊跟隨，牠們潛入河底，攜手把小狦狦往河岸處頂，直至擱淺。

小狦狦得救了，躺在河灘上，肚子一鼓一鼓，呼吸均勻。小螃蟹內心很愧疚，也很欣慰。牠走向河岸，鑽入石縫中，只想獨自靜靜地睡個安穩覺。

天放晴。小狦狦不再哭泣，因為眼淚不能幫牠擺脫眼前的困境。

牠在淤泥裏打滾，又在日光下暴曬，曬成一個泥殼，好掩蓋其紫色的肌膚，便於白日隱蔽和行走；牠模仿野豬與河馬，呲牙咧嘴，裝出兇悍的模樣，迷惑和威懾侵犯者；牠大

聲吼叫，為自己壯膽，大口啃食物，讓自己有力；牠觀察河面漂浮物，判斷家人下落，決計逆流而上，沿河而行；牠唯有一個信念，就是排除萬難，拯救家人。

河流拐彎處，有一片草坡，小狪狪嗅到一陣一陣的土腥味，那是螃蟹的氣息，可見螃蟹部隊曾在此集結。小狪狪撥開新鮮草莖，看見黑黃的葉片，滿是紛亂的被踩踏的痕跡，間或，還有一兩枚貌似同類的足印，小狪狪狂喜，牠反覆甄別，發現一條螃蟹前行的路徑，果斷尋蹤而去。

途中，小狪狪會撞見一些兇悍的怪獸——頭上長角的鵰鷹，沒有嘴巴的羊，五條尾巴的豹。牠沉着鎮定，或隱匿於落葉之中，或紋絲不動，裝扮成一塊巖石，或扯幾根藤蔓編成帽子，遮住臉，從一側繞行，化險為夷。

小狪狪自覺一天比一天強大。牠敏銳地搜尋着螃蟹部隊的遺留物——山石旁一枚折斷的指甲，黏附在樹根上的一撮螯毛，一灘又一灘被曬乾的散發着腥味的吐沫。小狪狪一路嗅着，尋着，終於趕上了螃蟹部隊，尾隨着牠們，來到了螃蟹大本營——那一片瘴氣瀰漫的沼澤地。

遠遠地，小狪狪看見螃蟹部隊沒入泥沼，隱伏休整。樹洞口，女王煩躁地踱着步，斗篷上新繡了大朵大朵的珠花，忽明忽暗，很是扎眼。一隊螃蟹捧着礦石，走過棧橋，消失在樹洞背後。小狪狪見狀，一陣狂喜，推測父母家人沒準就在那裏，被羈押着。牠們還活着，活着就好。

可是，怎麼營救呢？小狪狪尋思：寡不敵眾，硬闖，是

自投羅網，需有援兵相助，才能解救家人。

　　求誰幫忙？小狪狪躲在山路旁犯愁。

　　忽見白鹿、天馬、紅猿、九頭蛇、三足龜、獨角牛，捧着瓜果、蔬菜、黍稷、花束往山上走。小狪狪想，人多力量大，找眾獸幫忙吧。於是就跟隨上山，伺機相求。至山頂，有一石桌，眾獸把貢品堆放桌上，燃香，磕頭。原來，眾獸在供奉山神呢。小狪狪又想，山神本事更大，若山神出手相幫，定能拯救家人。

　　儀式結束，眾獸下山，小狪狪留下，跪求山神。日出到日暮，山神未能顯現。牠想，可能是香火微弱，山神看不清，無法抵達。牠滿山遍野撿拾枯枝，搭成一座塔，然後敲擊石塊，以火星引燃了乾燥的苔蘚。星星之火，忽明忽滅，終於在山風搧動下，熊熊燃燒，像一團烽火，灼亮而奪目。小狪狪的眼睛被火焰照亮，又被煙霧熏得紅腫。牠渾身滾燙，黏附在皮膚上的泥巴，「嗶嗶啵啵」地剝落下來，裸露出紫紅的本色。牠不斷地添加乾柴，唯恐火焰熄滅。牠想，那麼耀眼的火光，山神應該看到了吧。正想着，天邊霞光四射，悠悠地飄來一片葉子，大如草蓆，亮似金箔。山神端坐葉上，他有着俊男面容，蟠龍身軀，頭戴樹枝花冠，周身光暈籠罩。

　　小狪狪伏倒在地，救星到了。

　　山神攜小狪狪，馭風而行。

　　至沼澤，螃蟹部隊蠢蠢欲動，女王輕噓一聲，制止了手

下。她凜然地走出樹洞，仰望天空，似有悵然之色。鸚鵡飛來，停在女王肩上，兩個螃蟹守衛，持螯分立兩側。

山神對女王說：「你不幸被烈日誤傷致死，只能以遊魂示人，雖有冤屈，但不可因此而加害其他生靈。罰你苦守樹洞，千年不得翻身。顯形吧。」

女王的幽魂，如一縷青煙，從斗篷裏飄出。霎時，面具掉落，斗篷癱軟，珠子灑落一地。鸚鵡欲撿拾，山神手一揮，指尖一撚，珠子飛旋着升騰，在半空綻裂，化作五彩煙霧。鸚鵡撲了個空，大驚失色，緊隨女王的幽魂飛進了樹洞。螢火蟲球散開，又聚攏。大螃蟹把守洞口，一陣轟響，古樹裂開，樹洞一側倒地，把女王與隨從死死扣住，如同一座棺木。

眾螃蟹大氣不敢喘，如凝固了一般。待塵埃落盡，山神說：「散了吧。」螃蟹部隊怔了怔，瞬間如風捲落葉，一下子散乾淨了。

半爿古樹的背後，狪狪們互相攙扶，蹣跚走出。小狪狪看見父母和其他家人瘦骨嶙峋、毫無神采，頓時淚奔。一家人摟抱着，哭哭笑笑，終於團聚。

「狪狪家族，膚色奇美，更有產珠異能，極易誘發眾獸貪婪慾望而招致災禍，你們隱居吧。」說罷，山神雙手發力，把葉片圈攏，做成小船模樣，放在大團大團的白雲之上。山神吹一口氣，雲兒托着小船，小船載着小狪狪一家和族人，飛過蒼茫山野，飛向海天之外。

至此，狪狪家族與大陸失聯。

曾經有一群人魚，在海上望見一座船形山，山上長着金葉樹，樹下鋪滿五色珠子，疑似海市蜃樓。人魚大喜，卻無法接近，因為這山會移動，會隱身，可望而不可及。人們猜測，或許那就是狪狪家族隱居的地方吧。

故事取材

《東山經・東次一經》

原文：又南三百里，曰泰山。其上多玉，其下多金。有獸焉，其狀如豚而有珠，名曰狪狪（普：tóng｜粵：動）。

譯文：再往南三百里，是泰山。山上遍佈各色美玉，山下盛產金屬礦物。山中有種奇獸，形狀與豬相似，體內孕育珍珠，名喚狪狪。

狪狪（明・蔣應鎬圖本）

形狀與豬相似，體內可孕育珍珠。

《大荒東經》

原文：海內有兩人，名曰**女丑**。**女丑**有大蟹。

譯文：海內有兩個神人，其中一人名叫女丑。女丑有一

隻聽其使喚的大螃蟹。

《大荒西經》

原文：有人衣青，以袂（普：mèi│粵：謎）蔽面，名曰**女丑之尸**。

譯文：有個人穿着青色衣服，用袖子遮住臉面，名叫女丑尸。

女丑尸（清‧汪紱圖本）

女丑是古代女巫的名字，傳說在遠古時期，十個太陽一齊出來，女巫被烤死。她死後就是一副雙手遮面的樣子，古人認為女丑雖死，但是她的靈魂卻依然可以依附在活人身上，開展祭祀或者進行巫事，因此女丑又名女丑尸。

蠻蠻

王仲儒 文

有鳥焉，
其狀如梟
而一翼一目，
相得乃飛，
名曰蠻蠻，
見則天下大水。

【西山經‧西次三經】

洛河岸邊，有大片怪石，狀似植物根莖，綿延而上，隆起形成陡峭的山勢。山頂崖壁處，孤零零地長着一棵樹，枝椏橫生卻不見樹葉，唯有一枚果實，掛在樹梢，搖搖欲墜。

一隻鷹飛來，在樹枝間築巢，果實恰巧落在巢裏。鷹用翅膀把果實覆蓋，當作鳥蛋孵化。另一隻鷹飛過，看着好奇，留下來，結伴孵化。秋去春來，候鳥飛去又飛回，果實卻未破殼，但鷹知道，果實其實有呼吸和律動，晴天輕盈，溫暖如雲；雨天沉重，好像蓄滿了水。某年夏日，連降暴雨，果實越發沉重，壓斷了樹枝，鳥巢傾覆，雙鷹驚飛，果實從半空墜落。

果實下跌，敲擊着峭壁和山石，在半山腰處戛然止住，卡在一個洞口。

這是一個隱祕的洞穴，住着鼴鼠一家。母鼠外出覓食，歸來看見洞口被堵，急得抓狂，奮力推搡、撥拉、啃咬、蹬踹，但無濟於事，果實反而越卡越緊，只聽得幼鼠在洞內嘰嘰亂叫。母鼠發現果實與洞口並非密合，留有狹窄的縫隙，情急之下，就把乳汁擠在尾巴上，伸進洞穴，哺育幼鼠。一天，洞內傳出聲響，嘿呦嘿呦，像是勞動號子。然後，「啵」的一聲，果實像瓶塞一樣被啟開，頓了一頓，順坡而

下。洞口，站着一排年幼、敦實、呆萌的小鼹鼠，母鼠喜極而泣——那是她的孩子呀。

果實被推出洞穴，一路碎響，滾下緩坡，驚動了隱藏在石縫間的蛇、兔、蜥蜴和土狼，牠們探出腦袋，愕然看着果實像一顆渾圓、灼亮的隕石，劃出一道弧線，落在河灘上。

銀白的河灘上，有個淺坑，淺坑中央，嵌着果實。一隻大烏龜從河裏冒出頭，爬進淺坑，頭抵着果實，瞪大眼珠，屏着眼淚，產下一堆烏龜蛋。白色的烏龜蛋，半埋着果實，遠遠望去，極像一隻黑眼睛。

某日，風與雷不和，一路格鬥，從天府到凡間。風，像飛旋的漏斗，捲起河水、沙石和果實，拋來甩去；雷，瞥見大大小小的礫石中，混雜着一顆黑球，就以閃電當利劍，又劈又刺。一聲轟天巨響，果實崩裂，豁開一道大口子，源源不絕的水，猶如山洪，激噴而出，又傾瀉直下。風和雷見狀，自知闖禍，立刻休戰，倉皇逃離。河水急速暴漲，氾濫至山腰，淹沒了鼹鼠洞穴。眾獸漂在水上，或顛簸，或沉沒，望天地茫茫，哀嚎連連。

突然，無數光柱穿越雲層，照亮凡間，原來是天帝聞聲趕來。天帝非肉身，而是一個由光柱勾畫的影像，忽遠忽近，恍惚似夢。他左手托住果實，右手輕撫洪水，待洪水平靜後，再轉動手腕，撩起洪水，使之回流進果實。於是，大河平緩如初，劫後餘生的眾獸，仰望天帝，虔誠地跪伏。

天帝平息水患後，並未離去，他修復了果實的傷口，輕

喚一聲：「蠻蠻。」

眾獸抬起頭，只見果實隙開一條縫，蹦出一個可愛的小怪物。牠長着烏龜腦袋，獨眼，獨耳，鼯鼠身體，黃毛，獨臂，獨腿，背脊處有一綹羽毛，展開是一個鷹的翅膀。這就是蠻蠻，像半個天使。

天帝說：「這枚果實，原是我貯水的容器。蠻蠻是個意外驚喜，牠是由果核變出的小精靈，今後就由牠負責看管水源吧。」

蠻蠻受命，退入果實內。天帝把果實安置在山腳，背靠巨石，面向河灘，然後閃身，在光影交錯中隱去。眾獸像被催眠了一樣，朝果實聚攏，呆坐良久，夜深才陸續散去，唯有鷹、鼯鼠、烏龜留守原地。

黎明時分，蠻蠻費力撐開縫隙，露出腦袋。鷹拍打起翅膀，鼯鼠嘰嘰叫着，烏龜使勁掉眼淚。記憶被喚醒，蠻蠻感覺一切熟悉而溫暖。

蠻蠻躍出果實，站在河灘上。水，緊跟着在牠腳下蔓延，蠻蠻趕緊跳進果實，水安然退回去，有驚無險。

「看來是離不開了。」蠻蠻一聲歎息，果實合上了。

果實，貌似小巧玲瓏，但只要穿越一層白亮的黏膜，就能進入到天帝創造的壯闊空間。這個空間，類似鐘乳石洞，石上滲着水滴，落進深不可測的地下河。洞內，沒有蝙蝠、大鯢和白眼珠的盲魚，除了水和石頭，只有蠻蠻一個活物。在幽暗、潮濕的洞穴裏，蠻蠻獨自逡巡，跳到東，跳到西，

循環往復。無聊時，自己找樂，原地打轉，翻跟斗，和尾巴玩，和翅膀玩。牠和回聲玩，想像有另一個蠻蠻在跟蹤自己，牠跳，那個蠻蠻也跳；牠笑，那個蠻蠻也笑。牠和影子玩，像壁虎一樣倒伏在洞頂，隱約看見那個蠻蠻躲在水底，牠們彼此對望，蠻蠻一躍而下，攪碎另一個蠻蠻，再攀到洞頂，影子蠻蠻又復原了。玩累了，蠻蠻就坐在冰涼的石頭上，只聽見水滴聲，滴答，滴答，在山洞裏被無限放大。滴答，滴答，牠感覺這單調的聲音滴在心上，一下比一下重，一下比一下冷。牠想：「大概，這就是孤獨吧。」

每隔半月，蠻蠻就會穿越白色黏膜，撐開果實，遙望陽光下的河流、遠山和行走的雲，呼吸乾燥的芳香的空氣。有時，會有一些物品，放在果實旁邊：幾個松塔，一枚搖一搖會響的石頭，一枝長滿瘰瘤的樹丫，這是鼯鼠的禮物；一堆奇形怪狀的螺和貝殼，一蓬曬乾的水草，幾片水禽的羽毛，不用說，這定是烏龜的饋贈；有時，還會有一枚牙齒，一顆綠松石，一叢蠶繭，甚至一個銹蝕的面具，可能是鱷魚、野兔或者山羊的心意。這些小而雜的物品，拼裝出一個繽紛的世界，讓蠻蠻好奇，長久地玄想，也長久地陷入一種更深的孤寂。

有一天，鷹叼來一枝花，紅葉、紫花、黃蕊，成對生長，名叫做忘憂草。一見此花，蠻蠻內心一陣悸動，想到這人世間，自己竟然是最孤單的一個，不禁落寞感傷。牠跳出果實，握着花，忘情地流淚。無盡的水，乘機從果實中汩汩

流出，覆蓋了整個河灘。鷹在蠻蠻頭頂翻飛，鼴鼠一家在山坡上使勁叫喊，大小烏龜昂着腦袋呼呼吐着泡泡，蠻蠻渾然不覺，直到水面灼亮，又瞬間凝固，像一面銀鏡，反射出天帝的影像，牠才回過神，退回果殼內，準備領受責罰。

水如潮汐，快漲快退。天帝並沒斥責，他沉吟片刻，說：「也是我疏忽了，如果當初果實裏多幾顆果核，蠻蠻就有夥伴，也不至於感到孤單了。」

蠻蠻聽罷，更覺委屈，眼淚大顆大顆地掉落，劈啪作響。

「這樣吧，我用果實裏的水，再造一個蠻蠻吧。」

天帝手一揮，畫出一道彩虹。源源不斷的水，從果實裏湧出，順着彩虹橋，流進天帝的掌心。掌心處，有個漩渦，水在旋轉中變稠變濃，凝成一團透明、柔軟的水晶。天帝像魔術師一樣，搓，拉，擰，揉，捏，掐，塑造出了一個水晶蠻蠻，也是龜首、鼠身、鷹翅，與蠻蠻毫髮畢肖。

天帝一手捧起蠻蠻，一手托着水晶蠻蠻，左看看，右看看，審視，端祥，琢磨。猛然，他雙手一合，把兩個蠻蠻粘在了一起。

蠻蠻一驚，身子一歪，試圖掙脫水晶蠻蠻。

「一對翅膀，一雙眼睛，四肢俱全，這樣的蠻蠻，不僅有伴，還能跑，能飛呢。兩個蠻蠻出果殼，也不會造成水患。」天帝輕撫蠻蠻，告誡道：「只是不能接近太陽，不然就化成水了。」

鷹、鼴鼠和烏龜望着連體的蠻蠻，怔忡，驚異，無所適從。

「好好的，在一起。」臨行，天帝叮囑兩個蠻蠻，隨即隱身，銀鏡晃動，幻化成一簇簇細碎的水花，在天光下閃爍。

一絲緊張，像微風一樣，拂過蠻蠻的心底。蠻蠻局促地，如試探一樣，握住水晶蠻蠻的手——牠的手冰冷卻綿軟，正欲抽回，水晶蠻蠻回應了牠，也是輕輕地一握。蠻蠻頓頓腳，隔一兩秒鐘，水晶蠻蠻也頓頓腳，蠻蠻點點頭，水晶蠻蠻跟着點點頭。原來，水晶蠻蠻會模仿，能感應到自己的資訊，蠻蠻欣喜若狂。蠻蠻手腳並用，開步走，水晶蠻蠻沒跟緊，配合出錯，一個趔趄，絆倒了。

這時，烏龜爬了過來，示範動作。烏龜動作遲緩，慢條斯理，左手右手，左腳右腳，一二，一二，蠻蠻和水晶蠻蠻亦步亦趨，踏準節奏，走得準確、協調、穩健。鼯鼠家族是急性子，嘰嘰喳喳，搶在前面，列隊領走，齊聲喊口令「一二，一二」，像鼓點一樣，越來越急，蠻蠻聽着口令，快跑起來。蠻蠻一跑，鼯鼠們全掉隊了。兩隻鷹見狀，一前一後，緊跟不捨，牠們拍打雙翅，鼓勵蠻蠻進入起飛的狀態。蠻蠻搧動起翅膀，加大幅度，增強力量，呼呼地，彷彿腋下生風，隨着一聲尖利的鷹叫，兩個蠻蠻雙腳齊力一蹬，被風和雲推送着，掙脫地球引力，一飛沖天。

雲端上，兩個蠻蠻心靈感應，默契自如，金色羽翼和透明翅膀合二為一，振翅翱翔時，閃着靈異之光，彷彿天外來客。

真像是做夢啊。鷹鳴叫，鼯鼠擊掌，烏龜流淚，他們感動，也感慨友愛、信任、依賴、扶持的力量是如此神奇和偉大。

從此，兩個蠻蠻常在黃昏時分出發，走過鼴鼠洞，問聲好；再攀上峭壁，在鷹的注視下，縱身一躍，盤旋於山間林梢，靜觀月光下恬靜的萬物；又在曙色中降落河灘，跟烏龜道聲早安；然後進入果實，在洞穴內巡邏，遊戲，交談，安睡。

某日，蠻蠻感覺身體燥熱，陣痛又刺癢，水晶蠻蠻也扭動身體，似有不適。細細一查，發現牠們兩人身體的銜接處，冒出一些紅色絨毛，像小草的根，又像胎兒的髮，一顫一顫，好像脈動。原來那是蠻蠻的毛細血管，正延伸進水晶蠻蠻的體內。雖只是毛茸茸的一叢，卻讓兩個蠻蠻狂喜，驚歎生命的奇妙。

那天起，蠻蠻不再出門，而是待在果殼內，守護那叢柔弱而神祕的血管，探索水晶蠻蠻身上顯現的生命體徵。比如，由無色透明變成冰藍色的眼窩，手指尖逐漸泛白的指甲，翅膀上粗略的羽毛輪廓。兩個蠻蠻專注於生命的演變，遮罩了外面的世界。

一天，天帝的影像，隱顯在洞穴的石壁上，面色凝重，欲言又止。又一天，天帝投影在石筍間，凝望良久，又倏然消逝。兩個蠻蠻覺得異樣，心頭不安，於是走出果實，然而眼前的景象，把牠們驚倒了。

熱浪滾滾而來。十個太陽，霸佔蒼穹，沒日沒夜地炙烤大地。河流乾涸，河牀龜裂，河道深色泥印裏，殘留着魚、貝殼、鱷魚的骨骸。鷹、鼴鼠、烏龜等眾獸集結在河灘，祭奠壯志未酬的逐日神人夸父，也為決意射日的英雄后羿壯

行。山火似狼煙，催促后羿出征，眾獸一路相送，分外悲壯。

煙霧飄忽，天帝顯身。他托起果實，難掩悲情，啞啞地喊一聲：「蠻蠻。」

蠻蠻明白，分離的時刻到了。

蠻蠻望着水晶蠻蠻，想到這個晶瑩透剔、已然成為自己生命一部分的精靈，即將化作流水，消逝無蹤，感覺身體被撕開、掏空，心頭一陣蒼涼。

一隻手，冰冷而綿軟，緊握住牠，那是水晶蠻蠻。

「這是使命。」一個空渺的聲音，迴響耳邊。

這是水晶蠻蠻的心聲嗎？蠻蠻疑惑，水晶蠻蠻重重地點了點頭，去意已決。

「使命難違啊。」蠻蠻無可奈何。

水晶蠻蠻冰藍色的眼窩熠熠閃光，空渺的聲音再次傳來：「好好的。」

蠻蠻深吸一口氣，握住水晶蠻蠻的手：「在一起。」

兩個蠻蠻對望着，搧動雙翅，飛出果殼，義無反顧地朝太陽撲去。火燙的風，席捲而來。蠻蠻金色的毛髮，瞬間被吹飛，如煙塵般散失。水晶蠻蠻的翅膀，在烈日炙烤下，漸漸消融，綿軟無力。太陽光束像針、像尖刀一樣，遊弋在兩個蠻蠻的銜接處，切割牠們的血管，血液把水晶蠻蠻染得通體豔紅。光束迸濺出火花，兩個蠻蠻被剝離。蠻蠻往下一沉，仰頭看見水晶蠻蠻升騰而起，變作一團紅色晶體，剎那間，又無限膨脹，碎裂成無數細小的顆粒，像紅寶石一樣，

在蒼穹鋪展。蠻蠻飄搖下墜，天帝伸手欲接，蠻蠻奮力收攏翅膀，宛如流星，從天帝的指縫之間穿過，朝下急墜。天上的晶體，又消融成連綿的紅雲，越來越厚，越來越重，終於化作滂沱大雨，傾入塵土飛揚的河牀，頓時河水翻湧，捲起一大朵紅色水花。蠻蠻直直地墜跌，恰巧落入花心。

被河水簇擁的一瞬，蠻蠻笑了，這多像是一個結結實實的擁抱啊，哪怕這是一生中唯一或是最後的擁抱，也值得了。

蠻蠻化水，眾獸得救。不久，后羿射落九個太陽，從此天地祥和，蒼生安樂。

多年後，河邊崖壁的樹枝上，又掛了一枚果實。這枚果實，像石榴，也像蜂巢，裏面分隔着好多空間，每個空間裏，都藏有一顆果核。所有的果核，只有一個名字，那就是「蠻蠻」。

故事取材

《西山經・西次四經》

原文：又西二百里，至剛山之尾。洛水出焉，而北流注於河。其中多<u>蠻蠻</u>，其狀鼠身而鱉首，其音如吠犬。

譯文：再往西兩百里，是剛山的尾端。洛水發源於此，向北流入黃河。山中多蠻蠻獸，形狀像普通的老鼠，長着甲魚腦袋，叫聲如狗叫。

《西山經・西次三經》

原文：有鳥焉，其狀如鳧（普：fú｜粵：夫），而一翼一目，相得乃飛，名曰<u>蠻蠻</u>，見則天下大水。

譯文：山中有種鳥，形狀像野鴨子，卻只有一隻翅膀和一隻眼睛，需要兩隻鳥結對飛，名叫蠻蠻，牠一出現，就會發生水災。

蠻蠻（明·胡文煥圖本）

　　長得像野鴨子，只有一隻翅膀和一隻眼睛。需要兩隻結對飛。

天狗禦凶

朵芸 文

又西三百里，曰陰山。

濁浴之水出焉，

而南流注於蕃澤，

其中多文貝。

有獸焉，其狀如狸而白首，

名曰天狗，其音如榴榴，

可以禦凶。

【西山經・西次三經】

陰山腳下的麥地旁，一個不滿周歲的娃娃坐在樹葉鋪着的地上。小娃娃白白胖胖，頭戴草葉編織的花環，腰身圍着草葉裙，藕段般的手臂不停地撲打着，嘴裏咿咿呀呀，口水像一根線似的從小嘴裏垂直流下，一隻小手抓起地上的葉子胡亂地往嘴裏塞。

一隻灰狼匍匐着從樹林裏鑽出來，牠徑直朝牠的獵物——那個可愛的男孩悄悄逼近，小娃娃滿臉天真，對眼前的危險渾然不知。

「喵——喵——」，突然林中傳來一陣急促而尖銳的貓叫聲，迴蕩在陰山山谷。

「喵喵」的叫聲，驚來一位穿草裙的女子，她嘴裏喊着「牛寶」，從麥地那邊飛奔而來。聽到聲音，灰狼轉身逃入叢林。

剛才「喵喵」的叫聲救了叫「牛寶」的娃娃一命，而發出這「喵喵」叫的，正是一隻兩個多月大的小天狗。這天狗不是傳說中吃月亮的壞蛋，牠是陰山上的一種野獸，長得像狸貓，全身豹紋，頭頂白毛，有一條靈活柔軟的細長尾巴，喜歡「喵喵」叫。天狗對凶害之事天生有一種預先感知的敏銳度，牠的存在，使陰山上的山民免去了很多災難，山民們

為此特別感激牠，認為牠是天上神仙派來保護大家的，所以都敬稱牠為天狗。天狗如果受到尊重和優待，就會對世間的一花一草，一景一物都懷有感恩之心。

陰山上有一棵古松樹，松樹粗大的樹幹在高兩米的地方開始呈九十度角彎曲橫向生長，橫向一米左右後，樹幹又轉而筆直向上，生長出許多枝椏，鬱鬱蒼蒼，遮天蔽日。開春以後，樹上有了三個新築的鳥巢。樹幹九十度角的地方有一個光滑的樹洞，這個樹洞就是小天狗的家，家裏就牠孤單而居。小天狗喜歡太陽，太陽一出來，山上的樹亮亮的、花兒豔豔的，照在身上也特別舒服。牠睡足後，從樹洞裏出來，沿着樹幹滑到地面，伸了個懶腰，然後側躺在樹幹旁，用嘴拱着牠那被太陽照着的皮毛，香香的陽光的味道，讓牠特別想一頭鑽進自己暖暖的絨毛裏。

牠家松樹下面一大片高高細細的根莖上，長着許多藍色的細小花苞，它們一團團，一簇簇，現在都已開花，非常漂亮。牠瞪大眼睛好奇地盯着，朝其中一朵小藍花「喵喵」叫了幾聲。風輕輕吹過，小藍花在小天狗面前調皮地搖晃着，小天狗咧着嘴，氣憤地朝花朵大叫：

「喵──喵──」

天氣一天比一天暖和，小天狗每天出去找完好吃的後，便到處逛。牠喜歡到山腳下的村子裏巡邏一圈，看看能否發現跟自己一模一樣的野獸，順便趕走在村裏發現的壞蛋，之後通常會回到牠的樹洞裏休息。牠喜歡爬樹，這一帶的樹牠

幾乎爬遍了，有時能在樹上的鳥巢裏發現鳥蛋，不過牠覺得那東西不好吃，比小蛇的口感差遠了。雖然這樣，牠每次依然要扒開鳥巢瞧瞧，看裏面藏着什麼寶貝，要是不小心把鳥窩搗壞掉到地上，牠便趕緊溜走，否則被鳥巢的主人看見，會被恨死的。可不，有一次牠不小心把斑鳩的鳥巢給搗落掉到地上，裏面四個鳥蛋全被摔破了，正好捉蟲的斑鳩回來，牠撲棱着翅膀在小天狗耳邊「咕咕咕咕」叫個不停，甚至用喙來啄牠。斑鳩還在樹林裏飛來飛去，警告所有的小鳥，不要在天狗家築巢，否則會遭殃。斑鳩一叫，住在小天狗家松樹上的另一對斑鳩和布穀鳥，真的帶着牠們的鳥寶寶搬到隔着三棵樹的另一棵松樹上去築巢了。

現在小天狗家的松樹上只剩下藍畫眉一家。於是，小天狗對藍畫眉表現出前所未有的友好，從不碰牠的鳥巢，寧可走遠一點去扒別的樹上的鳥巢。

最近兩天，藍畫眉一直在鳥巢裏窩着不出門，小天狗探出腦袋朝上看了好多次，顯得很不安。出什麼情況了？第三天，小天狗終於忍不住爬上去看看，只見藍畫眉縮着一身寶藍色的羽毛，伏在鳥巢裏，身後是扁長的疊尾，黑色的尾尖部分稍稍上翹，牠用溫柔的聲音呢喃道：

「啾⋯⋯啾，啾啾，啾啾啾啾⋯⋯」

「喵，喵——」 藍畫眉輕柔的聲音感染了小天狗，牠的聲音也變得很輕柔。

「啾——！」 藍畫眉抬頭望了望小天狗，金黃的鳥喙微

張着，眨眨圓溜溜的黑眼睛，狹窄的眉紋一動。

原來藍畫眉在孵蛋，牠快做媽媽了。小天狗趴在一旁，顯出少有的溫順，嘴裏「唔唔唔」哼着。藍畫眉看了看小天狗，輕輕叫了一聲，然後低頭望着地上，示意小天狗離開，牠需要安靜地孵蛋。

小天狗有點失落地從樹幹滑下來，牠懶洋洋地漫步到山下村莊，渴望能遇見跟自己一模一樣的野獸。牠趴在一戶人家的羊圈外發呆，羊圈裏的羊都認識牠，牠也熟悉這些羊群的味道。暖暖的陽光曬得牠睡着了，一直睡到天黑，牠醒來後發現有人在牠面前放了一隻剛宰殺的野雞，那是牛寶的母親敬獻給牠的食物。小天狗享用過後，加上之前又睡了一覺，便精神抖擻，圍着村莊兜了好幾圈。

當牠打算回到自己的樹洞時，嗅覺告訴牠，有山賊進村了。牠豎起全身深黃色並帶有黑色圓點的茸毛，瞪大眼睛滴溜溜環顧四周，敏銳地「喵喵」大叫，果然，有兩名山賊躡手躡腳，拿着藤條套索正在羊圈外準備偷羊。小天狗躥上去，對着山賊一陣亂吼，惱怒的山賊把索套拋出，欲套住小天狗的脖子，小天狗敏捷地低頭縮回身子往後退，遠遠地對着山賊繼續吼叫。山賊拿出弓箭，擺出射擊的姿勢，可天太黑，視線不清，加之山民聽到小天狗的喊聲，都紛紛點起火把從茅草屋裏出來，兩名山賊只好趕緊潛逃，身後留下山民的喧嘩和小天狗的喵嗚聲。

山民們知道是小天狗趕走了山賊，都跪下來拜謝這隻他

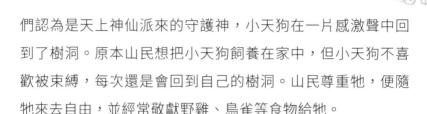

們認為是天上神仙派來的守護神，小天狗在一片感激聲中回到了樹洞。原本山民想把小天狗飼養在家中，但小天狗不喜歡被束縛，每次還是會回到自己的樹洞。山民尊重牠，便隨牠來去自由，並經常敬獻野雞、鳥雀等食物給牠。

　　天氣越來越暖和，陰山腳下長長的冰帶變成了一條活潑可愛的河，那是濁浴水，它整日整夜吟着一首唱不完的歌，嘩啦嘩啦地往前流；水裏還有很多游來游去的魚啊，蝦啊，牠們顯得精力充沛，快活極了。之前一些光禿禿的樹，現在都長滿嫩綠的葉子，小天狗爬上去咬下一片嫩葉咀嚼，沒一會兒便吐了出來。牠家松樹下的小藍花，就像是一個小花朵的大家族，它們競相爛漫，互相扶襯，溫暖而團結；它們隨風搖曳，婀娜多姿，淡雅清新，靜待蝴蝶、蜜蜂的到來。小天狗看到小藍花們，不知道為什麼，總會無緣無故氣憤地朝它們大聲「喵喵」亂叫。

　　沒過多久，小天狗家松樹上傳來藍畫眉清脆的叫聲，牠的四個鳥寶寶出殼了！隨後藍畫眉開始飛進飛出忙活起來。小天狗趕緊爬上去瞧，天哪，鳥巢裏有四隻茸毛稀疏的鳥寶寶，粉粉的肉色，一點點兒大，牠們要不是藍畫眉的寶寶，小天狗早忍不住一口吞掉了。確實太可愛了，四個鳥寶寶長得一模一樣，真好！牠們有跟自己一模一樣的鳥夥伴，不像牠，孤單單的。

　　天慢慢黑了，小天狗今天一刻也沒閒着，到處爬樹，貓弓在高高的枝條上找跟自己一模一樣的動物；順便看看鳥

巢，到河邊抓魚，追蝴蝶，替野兔趕走了前來襲擊的灰狼，吞掉了一條冬眠剛蘇醒的餓蛇，沿着河岸跟水流一起奔跑，牠看到一模一樣的螞蟻成群結隊，便拖了很多小樹枝故意擋住螞蟻的洞口……這樣忙活了一天，小天狗非常疲憊，於是爬進了牠自己暖和的樹洞開始休息。樹下的小藍花們，靜靜地守在一起。月亮出來了，星星出來了，遠處村莊隱約傳來牛寶母親的歌聲——

小寶貝，快快睡

風在輕輕吹

月亮笑眯眯

陪我寶貝睡

小星星，曲着腿

小鼻子，吸呀吸

趴在夜空裏

和你一起睡

小寶貝，快快睡

一朵小花蕊

含着小雨滴

甜笑在夢裏

歌聲和着藍畫眉的「啾啾」聲，讓月夜顯得溫柔而宜人。此時的小天狗跟白天那個到處奔跑、上躥下跳、不停折騰的小天狗完全不同。牠現在縮匐在樹洞裏，閉着雙眼，一動不動，兩隻耳朵服貼地耷在頭頂，牠身上的每一根茸毛都那麼柔順而有光澤，如果你從松樹下經過，樹洞裏這隻乖巧可愛的動物的睡相一定會讓你駐足而視，心生憐愛。歌聲還沒結束的時候，小天狗已進入了甜甜的夢鄉。夢裏，也許牠找到了跟自己一模一樣的天狗，正一起爬樹搗鳥窩，一起趕跑大灰狼和山賊。夢裏的牠，一定不孤單吧。

　　半夜時分，小天狗突然驚醒，牠從樹洞裏探出腦袋，全身的茸毛頓時豎起，發亮的眼睛滴溜溜四下張望。稀朗的月光下一隻狐狸正爬向藍畫眉的鳥巢，牠本能地大叫幾聲，竄出樹洞爬上樹梢朝狐狸追去。狐狸反轉過來，呲牙咧嘴，對小天狗發出「嗷嗷」的叫聲，小天狗兩眼放光匍匐着，下巴貼着前腿，豎着一對尖尖的耳朵，咧開嘴，露出尖尖的犬齒對狐狸發出強悍的挑戰聲。就這樣對峙了片刻，狡猾的狐狸突然「嘩」的一聲故意從上面的樹枝跌落，趴在地上一動不動地裝死，過了好一陣，狐狸依然沒有動靜。小天狗跳到地上，觀察了一會兒，用鼻子湊上去嗅了嗅，狐狸還是一動不動。膽大而好奇的小天狗，正想嚐嚐狐狸肉的滋味，便興奮地跳到狐狸身旁，用兩隻前爪從背後掐住狐狸的脖子。這時，狐狸突然快速彈跳起來，想反趴到小天狗身上，小天狗敏捷地躲開，狐狸從後面追上來，小天狗繞着松樹轉圈跑，

狐狸繼續在身後追。被嚇醒的藍畫眉和牠的畫眉寶寶們一陣「啾啾」亂叫，其他樹上的小鳥也被吵醒，紛紛飛出了鳥巢想看個究竟。

追了幾個回合，兩隻動物轉暈了，狐狸突然停下來，縮在松樹後面，等小天狗經過時，突然撲了上去。這下小天狗被狐狸按住動彈不得，狐狸還順勢狠狠咬住了小天狗的脖子，小天狗尖叫一聲，瞬間，有鮮血從脖子處流下來。藍畫眉飛下來，圍着兩隻搏鬥的動物驚恐地「啾啾」叫，牠幾次試圖去啄狐狸的眼睛，狡猾的狐狸才不上當，牠閉上眼睛，繼續咬住小天狗的脖子不放。藍畫眉不灰心，撲棱着翅膀冷不丁地去啄狐狸的後背和腦袋，一下、兩下、三下……狐狸分散了注意力，爪子一鬆，小天狗便抽身出來，快速從狐狸的臀部躍上狐狸的後背，歪着腦袋張開口，準備咬住狐狸的後脖子。

此時，兩個藤條做的索套突然套住了小天狗和狐狸的脖子，接着，牠倆的腦袋分別被套上了獸皮套袋，隨即什麼也看不見了。牠們的身體被拽着快速往前走，藤條勒在狐狸咬過的傷口上，讓小天狗疼痛不已，血還在止不住地流，但牠的意識很清楚，聽出來是兩個人在拽着自己急促地往前走。

「快點，快點，萬一被其他的天狗發現就麻煩了！」是一個男人的聲音。

「應該不會有了。」另一個男人的聲音。

小天狗嗅出這兩個男人正是那天晚上在山下村莊偷羊

的山賊，牠幾次停下腳步，轉過頭伸出舌頭試圖舔舐自己的傷口，可是頭上戴着的獸皮套袋讓牠什麼也幹不了，牠聽見狐狸拒絕往前邁步的叫聲，那倆人便拿着棍子往狐狸身上抽打，還用腳踹牠們，小天狗和狐狸一路上就這樣被迫邁開腳步朝前走。不知道走了多長時間，兩個男人終於停下來，他們把繩子拴在一個羊圈旁，拿掉蒙在小天狗和狐狸頭上的獸皮套袋，便走進了一個山洞。羊圈裏有約三十隻左右的山羊，這時已被吵醒正「咩咩」叫着，狐狸發出了怪叫聲，小天狗嗅到了熟悉的味道，朝羊群「喵喵」喊，叫聲裏充滿了疑問。牠不停地扭過頭，想用舌頭舔舐自己流血的傷口，可是卻夠不着。

「喵——喵——」

「喵——喵——」

這不是小天狗的叫聲，這叫聲來自另外兩隻天狗。

小天狗看到旁邊的柵欄旁，拴着兩條比自己大的天狗！這是牠第一次看到跟自己一模一樣的動物，不由得心跳加速，情緒異常激動。牠走到牠倆身旁，「喵嗚、喵嗚」低聲嗚嗚叫，不停地用嘴和臉蹭着那兩隻天狗的臉和身子，好像要把一直以來尋找牠們的委屈倒出來一般。那兩隻天狗也表示出極度的友好，牠們用舌頭反覆舔舐小天狗脖子上的傷口，直至流血止住為止。牠們從對方的身體裏嗅到了自己的血腥氣，這種氣味讓三隻天狗異常興奮，一宿沒睡。

這兩隻天狗是小天狗的兩位兄長，牠倆一直被飼養在陰

山腳下的山民家中，守護着山民的平安。牠們的母親，一隻近八歲的母天狗，生下小天狗並將牠放進松樹洞後又回到山民家中。在一次與山賊的搏鬥中，母天狗被山賊的弓箭射中胸膛而死去。此後，兩位天狗兒子繼承了母親守護山民安全的職責，沒料到，牠們最後還是被山賊逮住抓了過來。

第二天，山賊把狐狸牽走，殘忍地剝下狐狸皮，把狐狸肉烤熟了吃，還扔了幾根骨頭賞給三隻天狗，然後，他們把狐狸皮支掛在山洞外晾乾當衣服穿。小天狗和兩隻天狗兄長一直被拴在柵欄旁。第十天，牠的傷口完全好了，但是卻感覺非常不自在，牠特別想念自己的樹洞，和松樹周圍的一切。在這十天裏，有一個晚上，牠和兩位天狗兄長趕跑了偷羊的人，小天狗認出，來這偷羊的不是山賊，而是陰山腳下敬重自己的山民，他們是來偷偷牽回自己的羊群的。天狗的天性使得牠幫助了山賊守護住偷來的羊群，這讓牠好似受到了某種屈辱，牠更加想回到自己的家中。另一個晚上，牠和兩位天狗兄長趕跑了來偷吃小孩的大灰狼，小天狗發現，這個小孩正是之前被自己救過的「牛寶」，牠第二次救了他的命。牛寶不是住在陰山腳下的茅草屋裏嗎？這裏也沒有看見牛寶的母親，是怎麼回事呢？

滅絕天狗是山賊的計劃，沒有了天狗，行竊便能夠暢通無阻，不過當他們發現飼養天狗的好處時，便推遲了殺這三隻天狗的日期。然而，在這十天裏，小天狗和兩位天狗兄長在吃過山賊提供的食物後，就一直暗暗用牙齒啃磨拴住自己

的藤條。

　　一天夜裏，三隻天狗終於掙斷了拴住自己的藤條。小天狗悄無聲息地潛進山賊的洞裏，打算叼着牛寶送回到牛寶母親的身旁。然而令牠驚奇的是，牠看見牛寶的母親，穿着草裙，摟着牛寶，在角落的一堆乾稻草上熟睡。她的雙腳和腰上都纏着藤條，被綁死的結下，兩根長長的藤條垂在地面，一直伸向山洞裏的另一個洞內。沿着藤條的方向走去，小天狗從籬笆門下擠進去，看到倆山賊睡在另一個小洞裏，他倆住着的洞裏面有一個樹枝遮蓋的籬笆，籬笆被藤條死死綁住，籬笆後有一個只能容下一人的隱蔽小洞口，藤條沿着這個洞口一直往裏伸。牠趴下身子從籬笆下的縫隙裏吃力地擠進去，然後站起來沿着藤條繼續往前走，裏面洞口高約兩米，狹小而細長。不知道走了多久，牠終於在洞壁上發現兩根藤條的另一端被牢牢綁在一棵樹的根鬚上，牠激動得尾巴直搖晃，爬上去用鋒利的牙齒和爪子，搗鼓了很長時間把兩根藤條的死結解開了。

　　牠朝洞口的前方張望了一陣，牠不知道，山賊正在挖一個通往山下村莊的通道呢。牠想繼續探尋洞的出口，猶豫了一會兒又轉身往回跑，輕悄悄地回到山賊的洞裏，見兩個山賊蓋着狐狸皮大打呼嚕。

　　牠走到牛寶母親旁，用舌頭舔着她的手。牛寶母親被驚醒，小天狗叼着牛寶草裙上的藤條腰帶就往外跑，牠憑着嗅覺往陰山腳下的村莊奔去，牛寶被嚇醒，哇哇哭起來。牛寶

的母親似乎反應了過來，一直跟在後面跑。跑了很長時間，牛寶母親實在跟不上了，小天狗回頭「唔唔」叫了幾聲，繼續往前跑。當牠抵達村莊時，東邊露出了曙光，村民們已經起牀了，哇啦哇啦很是熱鬧。原來，牠的兩隻天狗兄長居然把山賊羊圈裏的三十頭羊給趕回來了！當小天狗把牛寶放在山民手中時，山民們發出一陣歡呼，等牛寶的母親趕到時，小天狗和兩位天狗兄長親熱了一陣，然後帶着牠倆朝自家的松樹方向奔去。

這次牠身後跟着與自己一模一樣的天狗，心裏有說不出的暢快與驕傲，此後，牠也有和自己一模一樣的夥伴，不再孤孤單單了。

故事取材

《西山經·西次三經》

原文：又西三百里，曰陰山。濁浴之水出焉，而南流注於蕃澤，其中多文貝。有獸焉，其狀如狸而白首，名曰**天狗**，其音如榴榴，可以禦凶。

譯文：再往西三百里，是陰山。濁浴水發源於此，向南流入蕃澤，水中有很多五彩斑斕的貝類。山中有種形狀像狸貓、白腦袋的野獸，叫天狗，常發出「喵喵」的叫聲，人飼養牠便可以抵禦凶害之事的侵襲。

天狗（明·蔣應鎬圖本）

天狗是一種可以禦凶辟邪的奇獸。傳說白鹿原上曾有天狗降臨，只要有賊，天狗便狂吠而保護整個村子。

天狗禦凶

火仙子與十翅魚

朵芸 文

又北三百五十里，
曰涿光之山。

囂水出焉，而西流注於河。

其中多鰼鰼之魚，

其狀如鵲而十翼，

鱗皆在羽端，其音如鵲，

可以禦火，食之不癉。

【北山經 · 北次一經】

　　寧靜的囂河水面，倒映着連綿起伏的山峰，和幾朵悠悠飄動的白雲。

　　突然，河面上冒出很多人，那些人個個長髮披肩，身體燃燒着火光，哇哇喊叫着、蹦跳着、喧鬧着衝向岸邊，有的在草地上打滾翻跟斗，有的飛速向草原東南邊的高山奔去，有的張開着火的四肢夾着胡楊樹幹噌噌往樹上爬，樹葉被他們身上的火點燃，吱吱燃燒起來。不過，樹枝剛燃燒起來，便又自行熄滅了。這些火人看上去不會說話，一直啊啊亂叫，並興奮地大笑。

　　過了一陣，這群全身燃火的人突然一下子變成了大小不一的魚，牠們在地上翻滾彈跳。剛剛爬樹的那些也紛紛從胡楊樹上掉下，弄得渾身草渣。

　　這時，遠處傳來一陣笑聲，只見囂河的水面冒出兩名長髮小姑娘，她們嘻哈着游到岸邊，把地上的魚一條條撿起，扔進囂河。

　　「這麼多魚，撿起來好累，下次不要玩這個了。」其中一名小姑娘說。她是一條鱷鱷魚化身而成的魚姑娘，住在囂河裏。姑娘看上去十歲左右的樣子，鵝蛋似的小臉上白裏透紅，精緻秀氣的五官恰到好處地安放在每一處。她的雙目猶

似一泓碧水，清澈中透着冷傲與靈動。她綠色碎葉水草編成的小肚兜，緊緻地繫在後脖子和腰間，同樣是綠色碎葉水草編織的超短裙，隨着彎腰起身的動作在不停晃動。她濕了的長髮從前額一股腦往後整齊地梳理着，披散在背上，赤裸的四肢曬成了健康的麥色，和白皙的臉蛋形成鮮明對比。

「可是牠們也很喜歡，看牠們剛才多開心啊！」另一名小姑娘笑着說。她叫火仙，十歲，和魚姑娘一樣氣若如蘭，美目流盼，較魚姑娘更多了一種陽光與熱情奔放。她年紀雖幼，天真活潑中卻蘊含典雅高貴的氣質，聲音又柔又脆，動聽之極；白白的皮膚，齊腰的黑色長髮，濕髮從前額處被中分開披散在肩上。她穿一條露膝的、綠色草葉編成的短裙，腰間纏着三串長短不一的紅色沙棘串成的腰帶，上身穿一件綠色草葉編成的肚兜，脖子上掛着七串長短不一的紅色沙棘項鍊，由脖子處一直垂到肚臍眼以下，赤裸的雙腿和雙臂，在瘦小的腳踝和手腕處，分別戴着一串紅色的沙棘鏈子。她一個人帶着一頭藍色的羚羊住在囂河邊高山的山洞裏。當地村民傳說火仙約五六歲時神祕地出現在這一帶，但沒人能說清她和羚羊住進山洞的具體時間，不過大家都知道她是天上下來的仙女，因此很感激、敬重她。她帶着囂河裏那條最大的、天生能禦火、還能化身為魚姑娘的鱋鱋魚，為方圓幾百里、甚至更遠的地方抵禦火災：火仙在得到鱋鱋魚火警預告的信號後，便用清脆響亮的聲音提醒村民，為他們免去了一場又一場大大小小的火災。她倆幾乎形影不離，無論鱋鱋魚

變換成魚姑娘，還是魚姑娘恢復成魚的原形，她的上空總會有一個雞蛋大小的小火球，繞着她轉悠。火仙子只要一見到小火球，就知道魚姑娘在哪裏。如果想要把小火球熄滅，那只有火仙可以做到，即火仙用手指按住魚姑娘右手的大拇指指甲，待其還原成鱲鱲魚後，再用手指點擊鱲鱲魚右邊第二個翅膀前端的亮片，小火球即刻熄滅。這個魔法是火仙的師傅告訴她的，但她的師傅只告訴了她鱲鱲魚右邊五隻翅膀上的魔法，左邊五隻翅膀有何魔法師傅卻不肯相告。火仙每天清晨騎羊到囂河邊洗漱，有時上山採野果吃。

　　她倆把所有的魚扔進河裏後，開始追逐着跑過草原，去爬山、採野果、摘樹葉，火仙的羚羊跟在後面咩咩喊叫，眼光中帶着快樂的期待。

　　早晨溫暖的陽光照在山腰，樹影婆娑，鳥雀的歌聲在林中迴蕩。

　　在樹叢裏忙活了半天，魚姑娘和火仙弄來了藤條，摘來了各種顏色的樹葉和野花，還有一些不知名的野山果。她們一股腦兒地把它們扔在鋪滿枯松針的地上，席地而坐，開始用藤條和樹葉編織裙子、圍兜和花環。對於編織衣服，火仙顯得比魚姑娘更熟練，她褪去身上有些枯萎的草葉裙，用許多泛綠的、泛黃的、泛紅的榆樹葉枝條的一端，一根根地纏在一根細藤條上，密密麻麻、嚴嚴實實纏成一排，再把它繞在腰間擊好，一條彩色的榆樹葉裙就做好了。她還用小野果、小野花做點綴，別在裙子上。在火仙的協助下，魚姑

娘也編了一條墨綠色的松針裙，她在裙擺上隨意別了幾朵藍色的小野花，煞是好看。在她們採摘的枝葉中，有一片楊樹葉，葉的周圍是一圈紅色，往裏則由橙色到黃色，然後漸變為淺綠色，再過渡到黃綠色，葉子的最中央為深綠色。兩位小姑娘同時看中了這片葉子，都想把它別在胸前。兩隻手碰在一起時，她們身體之間冒出一個火球，繞在她們身體附近燃燒着歡快的小火苗。

小火球，那是她倆聯繫的信號球，小火球在，說明她倆距離很近。她們習以為常，也懶得去熄滅它。

「真漂亮！」魚姑娘拿過葉子貼在手臂上比劃着說。

「我來戴上！」火仙拿過葉子，用半片乾草揉搓成的細繩子綁在胸前的沙棘項鍊上做吊墜。

「我也想戴！」魚姑娘嘟着嘴說。

「你再去找一片吧！」火仙說。

「可我就喜歡這一片！」

「我也喜歡，我要的！」火仙用手護在胸前。

兩人最後爭來爭去，互不相讓。這時，火仙拿出殺手鐧，斬釘截鐵地說：「你再爭，我就讓你恢復原身！」

「……好吧，我恢復成魚，就不用穿衣打扮，不用跟你搶葉子了……」魚姑娘噘起嘴巴，大眼睛一眨，長長的睫毛下便滾下幾滴淚珠。

「哭什麼，我陪你去找一片就是了。」火仙拉着她的手欲往叢林裏奔。

魚姑娘賭氣地掙脫開火仙的手，又拉過火仙的手指頭按在自己右手大拇指指甲上，「啾」的一聲，魚姑娘立刻還原成了一條長達兩米的鰡鰡魚。此鰡鰡魚與眾不同，有着圓鼓鼓的腰身，塊頭像小鯨魚那麼粗壯。別的鰡鰡魚十個翅膀，魚尾和尖尖的嘴巴均為深灰色，翅膀前端的鱗甲為黑色，長得像喜鵲的頭部和身體為淺灰色；而此鰡鰡魚的魚尾和尖尖的嘴巴均為寶藍色，翅膀前端的鱗甲為深藍色，到翅膀後端漸變成綠色和淺藍色，長得像喜鵲的頭部和身體為黑色。復原的鰡鰡魚扭動着龐大的身體，慢慢張開十隻翅膀，「啾啾」叫着，朝囂河邊飛去，然後一頭鑽入河水。

　　鰡鰡魚鑽進河裏，火球還沒有消失，懸浮在她潛身的河的上空，忽上忽下，來回穿梭。

　　火仙望着火球，愣愣地站在原地。良久，她拿起胸前的那片楊樹葉，仔細端詳了一會兒後，連說三聲「去去去」，並一把扯下來，扔在風中。然後盤坐在地上，開始啃食採摘的野果。羚羊在不遠處吃草，不時抬頭看看火仙，目光中充滿溫柔。火仙偶爾拋去一個果核，羚羊便準確無誤地用嘴接住，兩片發黑的厚唇左右咀嚼磨合。吃完野果，火仙趴在羊背上，暖暖的陽光灑下來，讓人發睏。羚羊跪坐在地上，配合着讓火仙順勢靠在自己的身上睡起午覺。小火球依然懸在半空。

　　等火仙醒來時，天色已晚，星星月亮掛在天空，發出銀色的光芒，照在林間，照在火仙的鼻子尖，照在藍色羚羊的

背上。懸在半空中的小火球跳躍着小火光，在暗處閃耀，像一個會飄動的、在黑夜裏發亮的小螢火蟲球。

火仙揉揉眼睛，「唔唔」叫着大伸懶腰，然後一個鯉魚打挺迅速站起。小火球慢慢朝她飄過來，她抬頭看看，笑容滿面對着小火球說：「哈哈，你還在燃燒，這就去把你熄滅。」說完，她爬到羊背上，兩手分別抓握着兩個犄角，翻個跟頭倒立在羊背上，邊歌邊舞，下山朝囂河走去。小火球飄忽飄忽，遊走在她前上方並閃爍着。

這時，火仙走到河邊，鰼鰼魚立刻從水面探出腦袋，仰頭朝小火球張望，輕輕叫了幾聲，朝岸邊游來。火仙翻個跟頭一縱身從羊背上跳下，「蹬蹬蹬」跑到水邊，雙手抓着鰼鰼魚尖尖的喙，用力往岸邊拉，鰼鰼魚配合着向火仙靠攏。火仙縱身一躍，騎在了鰼鰼魚的背上。她拍拍鰼鰼魚的喜鵲似的腦袋說：「天黑了，我們去轉轉吧。」

說到鰼鰼魚十隻翅膀，火仙的師傅只告訴了她右邊五隻翅膀所擁有的魔力：比如點擊右邊第一隻翅膀的亮片，鰼鰼魚立刻化身成魚姑娘，捏魚姑娘右手的拇指，魚姑娘還原成鰼鰼魚；點擊右邊第二隻翅膀的亮片，熄滅火球、火人和火勢；點擊右邊第三隻翅膀的亮片，囂河裏的魚全變成火人。故事開頭看到的場景正是火仙點了這個亮片造成的，之後她點擊右邊第二隻翅膀的亮片讓火人還原成魚；點擊右邊第四隻翅膀的亮片，黑夜停滯，沒有白天；點擊第五隻翅膀的亮片，黑夜白天恢復正常。

至於左邊的翅膀，師傅再三叮囑過不能隨意觸碰。這五個翅膀的魔力是什麼呢？她越來越渴望知道。

　　鰡鰡魚馱着火仙，展開十隻翅膀，朝夜空飛去。羚羊昂頭看着飛起的火仙，「咩咩」叫了幾聲，叫聲裏似乎隱藏着不安。閃爍的小火球跟她們升空，飄飄忽忽地閃耀着。火仙騎在魚背上，看看腳下和四周黑漆漆一片，心裏禁不住有點害怕。她伸出手掌，做出托住小火球的姿勢。奇怪的是，小火球真的落入她的掌心，而且一點兒也不覺得燙手。她第一次發現自己不怕火燙，於是她開始用手掌把火球顛上顛下，然後高高拋起又接住，慢慢地她越玩越熟練。她用雙手抱着火球揉搓，然後向夜空投擲。

　　「噗、噗、噗……」只見鰡鰡魚的嘴裏噴出一團團火焰，那些火團像一支支彩色畫筆，在東方那邊黑暗的天空中描出各種彩色的雲霞來。沒過一會兒，一座由火焰構建成的宮殿在黑夜中聳立。這是火仙第一次發現火球和鰡鰡魚一起合作的魔力，她被驚呆了，激動得猛拍鰡鰡魚的背，直往東方飛去。很快，她們降落在火焰宮殿跟前，小火球返回來浮游在火仙的頭頂上空。這座雖燃着熊熊烈火卻安靜得沒有一點燃燒聲音的宮殿，全都由火牆築成，它高大雄偉，流光溢彩。屋頂閃耀着流動的綠色流火，外牆是竄動的紅色火帶，四根通紅的火焰樑柱上方纏繞着金色火焰構成的飛龍，龍身上的鱗片、龍頭、龍珠、龍眼睛精雕細琢，活龍活現。緊閉的大門，是飄忽的藍色火帶，門環是一圈綠色火圈。

　　小火球在火仙和鰣鰣魚的身體之間晃悠，驚呆了的火仙突然想起了什麼，她抓過小火球，用雙手開始揉搓。「噗、噗、噗⋯⋯」鰣鰣魚嘴裏又不斷地噴出火焰，頃刻工夫，宮殿周圍出現了一排排綠色、藍色、黃色、橙色的火樹，火樹上開滿了銀色的、紅色的和藍色的花朵。

　　火仙興奮地哇哇大叫，一邊舞動着身體，一邊不停地揉搓小火球，鰣鰣魚嘴裏便不斷地噴出火花、火球、火團和火焰。這麼多年來鰣鰣魚抵禦了無數場火災，被抵禦的火熱全儲存於體內，今日一併爆發，不可收拾。不到半個時辰，一個火的海洋在遠處洶湧翻滾，火仙點擊鰣鰣魚右邊第三個翅膀的亮片，囂河裏的魚變成的火人「哇啦哇啦」蜂擁而至，他們像一群士兵，守衞在火焰宮殿、火仙和鰣鰣魚周圍。接着，一座火的大山聳立在宮殿的西北方，火山上除了翻滾的火焰，還有漫山遍野的火樹火花。藍色的夜空，出現了火燒雲，一朵，一朵，又一朵，飄過火焰宮殿，飄過夜空。

　　火仙用手指點擊鰣鰣魚右邊第一個翅膀的亮片，鰣鰣魚立刻化身成魚姑娘。她們倆興奮地擁抱，一句話也說不出。她們雖然身處火焰的世界，卻沒有覺得一絲炎熱。火仙走近宮殿大門，用手試着觸摸了一下藍色的火門，奇怪的是，她並沒有覺得燙手！她用手在火門火牆上摸來摸去，這些對她來說帶着微溫的火絲毫沒有傷到她。魚姑娘在後面觀望了一陣，也走近火焰宮殿，用手撫摸火牆火門，同樣，燃燒的火焰於她毫髮無損。她們推開藍色的火焰門走進去，小

火球依然懸浮在她倆上空。宮殿的內壁和地面全是燃燒的火焰，她們小心翼翼地踩在火焰地板上，發現跟踩在山地上一樣堅固踏實。她們飛奔着到處觀賞，宮殿裏面有數不清的房間，牆上掛着火焰畫，畫上的景色和人物栩栩如生。她們走上火焰樓梯，在二樓，她們看到了豪華漂亮的臥室，裏面是火焰牀、火焰衣櫃、火焰桌子和火焰椅子。打開火焰衣櫃，裏面掛着琳琅滿目的服裝，每一件長袍的裙擺邊緣都是燃燒的流蘇火花。火仙選了一件紅色長袍套，魚姑娘找了另外一件藍色長袍。二人又找出一些火花頭飾插在頭上。她倆來到銀色火鏡前一照，一個紅袍，一個藍袍，光彩照人。兩個小姑娘在火焰宮殿玩得自由自在，開心快樂，乾脆住了下來，每天由眾多火人伺候着，衣來伸手，飯來張口，住了一天又一天，舒適的日子讓人樂不思蜀，完全忘記了囂河邊她們的家。過了幾天，她們覺得火的世界在夜裏更漂亮，於是，她們便使用鰡鰡魚的魔力，讓黑夜停滯，一直沒有白天。

她們在火焰宮殿住到兩個月時，火仙的羚羊找到了她們。

見到羚羊，火仙頓時覺得非常親切，她高興地跑過去擁抱羚羊，但羚羊卻一反常態，對火仙冷若冰霜。

「不要生氣啦，你也留在這裏吧。」火仙撫摸着羚羊說。

羚羊用犄角猛地頂開火仙，火仙一個趔趄摔倒在地。火仙正欲發怒，忽見羚羊變成了一個龍頭人身的男人，他正是火仙的師傅——住在光山的施雨之神計蒙，計蒙出行常伴着狂風暴雨，而他的暴雨卻沒能把火焰宮澆滅，他一臉怒色指

着火焰宮殿說：

「火焰世界連續黑夜沒有白天，還連燒兩個月，天上一日，地上一年，地上接連乾涸了六十年！六十年暗無天日，不見陽光，地上的人們在暗夜裏熱得喘不過氣來，汗水早已流盡，田間顆粒無收，存糧早已告罄。連我這個雨神降下的雨都起不了作用！而你們卻在此快活無比，頑劣造孽，還不趕快把火焰世界滅掉！去造福眾生！」說完，用難以描述的複雜的眼神盯住火仙許久，才騰雲離去。

火仙方才感到了自己的過失，知道闖了大禍，內心愧疚。她本是光山上一隻漂亮可愛的小麂，由於惹人喜歡，被計蒙收養。計蒙有意把她修煉成仙，以協助鱛鱛魚抵禦火災，好減輕自己降雨的負擔。於是他把小麂變為小姑娘，再用自己的一根毛髮變成羚羊陪她住在囂河邊，眼看火仙即將成器，卻由於無知貪玩，給人間造成那麼大的災難。

火仙按了一下魚姑娘右手大拇指的指甲，魚姑娘化身為鱛鱛魚。她點擊右邊第二隻翅膀的亮片，所有的火焰宮殿、火樹、火海、火人等全部熄滅，獨留火焰山一處小火苗，不知為何無法熄滅。據說幾千年後，孫悟空打翻太上老君的煉丹爐，觸及這處小火苗，落入凡間化成火焰山，火勢兇猛，越燃越大，直至悟空從鐵扇公主那兒借得芭蕉扇，才把火焰山的火撲滅。

她再點擊了右邊翅膀的亮片，黑夜過去，黎明來臨。

火仙騎在鱛鱛魚背上，打算回到囂河邊，好奇心使得

她不顧師傅的叮囑，再次渴望探尋鰡鰡魚左邊翅膀的魔力。於是，她按下鰡鰡魚左邊最前方翅膀發亮的鱗片，只見一些飛絮朝空中飄去，這些飛絮是世界各地文字的種子，落地時，那個國家的文字便會在不久後產生；火仙點擊左邊第二隻翅膀前端的亮片時，地球上有一片無人居住的陸地瞬間變成了海洋，這一巨大的變化當時誰也沒有覺察到；火仙點擊左邊翅膀第三個亮片時，一股邪惡的輕煙正悄悄入侵了遠方一個國家，薄煙熏黑了剛出生的小孩。點擊第四個翅膀的亮片後，幾粒無形的種子落入世界諸多的土壤，等種子發芽長大，那裏的戰爭即將爆發。

「原來左邊的翅膀並沒有魔力。」火仙根本無法看到的變化，使得她有點失望地嘀咕着。

她便大膽地用手點擊左邊第五隻翅膀的亮片，頃刻間，她和鰡鰡魚化身為一團火焰球朝天上飛去。火焰球經過之地，都有火星落下，落在山上，便成了死火山和活火山；落進張口睡覺的孕婦的嘴裏，生下的孩子必將脾氣火爆。

據說，此火球後來投胎於太陽女神羲和，成了她十個兒子之中的一個。

故事取材

《北山經・北次一經》

原文：又北三百五十里，曰涿光之山。囂水出焉，而西流注於河。其中多鰼鰼（普：xí│粤：習）之魚，其狀如鵲而十翼，鱗皆在羽端，其音如鵲，可以禦火，食之不癉（普：dān│粤：單）。

譯文：再往北三百五十里，是涿光山。囂水發源於此，向西注入黃河。水中多魚，其形狀像喜鵲卻長有十隻翅膀，鱗甲全長在翅膀的前端，牠發出的聲音就好像喜鵲在鳴叫，牠可以辟火，人如果吃了牠的肉就能治好黃疸病。

鰼鰼魚（明・蔣應鎬圖本）

一種鳥魚共體的奇獸，身子如鵲，長了十隻翅膀，鱗片全長在翅膀的前端，叫聲如鵲。傳說此魚可以禦火，吃了牠的肉可以治病。

《大荒南經》

原文：東南海之外，甘水之間，有羲和之國。有女子名曰**羲和**，方日浴於甘淵。羲和者，帝俊之妻，生十日。

譯文：在東海之外，甘水之間，有個羲和國。這裏有個叫羲和的女子，正在甘淵中給太陽洗澡。羲和這個女子，是帝俊的妻子，生了十個太陽。

羲和（清·汪紱圖本）

羲和是東方天帝帝俊的妻子，是十個太陽的母親。十個太陽居住在東方海外的湯谷，湯谷又名甘淵，谷中海水翻滾，十個太陽便在水中洗浴。

九尾紅狐精

朵芸 文

又東三百里，曰青丘之山。

其陽多玉，其陰多青䨼。

有獸焉，其狀如狐而九尾，

其音如嬰兒，

能食人，食者不蠱。

【南山經・南次一經】

　　雨過天晴，青丘山上的灌木叢裏，青蛙在呱呱叫，蚊子在嗡嗡嗡飛來飛去。月亮的銀光，照得濕淋淋的樹葉閃閃發亮。

　　一隻棕紅色的九尾雌狐在銀杏樹下的洞口前，練習變幻術。這隻修煉了九千年的紅狐精，像青丘山所有的九尾狐一樣，身上長着長長的針毛，頭頂豎立着兩個尖尖的耳朵，一雙靈活的大眼睛，呈倒八字嵌在臉上；跟鼻頭平行以下部分的茸毛是白色的，白色的茸毛從下半邊臉經過脖子和肚皮一直延伸到後腿之間的臀部。她九條毛茸茸的長尾巴柔軟又蓬鬆。九尾狐叫起來的聲音如同嬰兒在啼哭，她很善於變化，喜歡吃人。

　　紅狐精每天晚上都在練習把自己變成漂亮姑娘，練習了七七四十九天，變幻術還是不盡如人意，她在變成漂亮的姑娘時，九條尾巴總是無法隱去，這讓她非常傷心，常常一個人看着遠方發呆流淚：「修煉九千年還是未能圓夢，到底還要等多久？」眼見其他九尾狐成功變成俊男俏女，有的還到人間過上了幸福的生活，她更是心生羨慕，心焦如火，整天鬱鬱寡歡，無心練習。她心裏終有不甘，便去請教山神——鳥身龍首神，山神看了她演練的變幻術，再仔細查看她的九

條尾巴後說：「青丘山自有狐精以來，僅有過一隻九尾白狐變成男人後，九條尾巴無法縮回，但搧動九尾亦可當翅膀使用，可自由翱翔。」紅狐精半信半疑，回到銀杏樹下，唸了一聲「狐——狸——咯——精」，像之前一樣，紅狐變為身穿一襲紅袍的漂亮女子，長長的頭髮整齊地束成一個髻，髮髻上插着幾朵小野花。九條棕紅色的尾巴變得顏色各異，紅橙黃綠青藍紫等世間色彩盡顯其中，一條條豎在身後，堪比孔雀開屏。她試探着張開雙臂，搧動九尾，用力一躍，突然感覺身子變得異常輕盈。她用腳尖點一下地面，便徐徐飛起，紅狐精頓感興奮，她搧動着九條彩色的尾巴，歡笑着圍繞樹林飛了好幾圈。慢慢地，她飛起來更加熟練自如，想高就高，想低就低，想降落就降落，練習了半天，還可以直衝雲霄。

由開始的失落，到現在的興奮，紅狐精大有「失之東隅，收之桑榆」之感。

她開始搧動着九尾飛出青丘山，飛過英水，餓了就抓一隻鳥或逮一條魚，不過她最喜歡的還是吃人，尤其是青壯年男子。現在她能飛了，吃人的慾望更為強烈。

當她飛到一個村鎮時，太陽已往西邊移動，她看到自己的身影映在地面上，九條尾巴在輕輕飄動。奇怪的是，距離自己影子兩米外的地方，也有一個跟自己相似的身影。她四下張望，用目光搜尋，並沒有人影，估計是幻覺吧。她的眼裏只看到藍天白雲，和遠處連綿的小山。小山腳下，稀疏

坐落在田地間的幾間茅草屋外，聚集着一群身穿草裙的男女老少。他們吵吵嚷嚷，像是在搶什麼東西。只見一個壯漢對一個挑糧的婦女拳打腳踢，嘴裏罵着髒話。旁邊有勸說的男女，壯漢一併追打；有小孩嚇得開始大哭，壯漢全然不顧，圍觀的男女敢怒不敢言。紅狐精尖叫一聲，落在壯漢一米開外的地方，甩出其中藍色和綠色的尾巴，伸向壯漢，用尾巴攔腰把他捲起，然後往青丘山飛去。在場的所有人，都嚇得面如土色，他們不知道紅狐精的來歷，有的跪在地上，對着紅狐精飛去的方向磕頭；有的躲進家裏，生怕被抓。消息一傳十，十傳百，青丘山一帶方圓幾百里的人都知道這裏有一個吃人的妖精，雖然吃掉的是當地的惡霸，但善良的人們還是心裏暗暗害怕，談妖色變。

此後，紅狐精經常飛到各個村鎮，在人群中專挑恃強凌弱或欺男霸女的男子，用尾巴攔腰席捲後便立刻飛走。由於害怕被紅狐精吃掉，十年間，青丘山一帶的村民變得和和氣氣，村與村之間、人與人之間互相團結友愛，人們不再需要花心思提防壞人，而是專心耕作，經營家庭。他們的日子過得日漸豐裕，村民都很幸福快樂。人們反倒開始感激紅狐精，逢年過節，他們把獵捕動物的尾巴一條條留存下來，再採摘野果和野花把尾巴染上顏色，專挑英俊男子和漂亮女子，讓他們在屁股上綁上彩色的尾巴，扮成九尾狐表演歌舞，以慶祝國泰民安，太平盛世——

一條尾巴紅紅，太陽掛在當中。

一條尾巴橙橙，年年五穀豐登。

一條尾巴黃黃，糧食堆滿穀倉。

一條尾巴綠綠，人人樂業安居。

一條尾巴青青，姑娘個個水靈。

一條尾巴藍藍，花兒開滿青丘山。

一條尾巴紫紫，男子個個結實。

一條尾巴粉粉，處處荒地開墾。

一條尾巴青黛，吉祥安康常在。

　　還有一些愛美的姑娘，日常生活中也在屁股上綁着九條彩色的動物尾巴，模仿紅狐精的言行動作，想像着自己也能飛翔在空中。不僅如此，連小伙子也喜歡綁着九條尾巴在田間勞作，在月下歡歌。他們以不同動物的尾巴，和野果品種的染色來區分尾巴的優劣。紅狐精的九條彩色尾巴，既是一種吉兆，也成為當時人們競相追求的時尚。並且有人專門製作彩色尾巴擺在集市上賣，在山裏、稻田邊、集市上、村鎮旁，隨處可見屁股上綁着九條彩色尾巴的大小姑娘和大小男子。因為紅狐精的關係，人們對所有狐狸都格外尊敬，捕獵時從不傷害狐狸，狐狸待人也很單純友好。誰能料到，在幾千年後，人心不古，狐狸必須得設法躲過人們的貪婪捕獵，

為了保衛自身竟不得不變得異常狡猾呢。

此時的紅狐精呢，雖然在這幾年吃了不少壞男人，但其實她的緣由很簡單，就是喜歡吃人，只是同情心使得她挑了那些待人不友好的男人吃罷了，她自己根本沒有把吃壞男人和村民過上豐裕生活聯繫在一起。現在，壞男人都被吃光了吧，接下來該吃誰呢？她坐在銀杏樹下向遠處眺望，雖然青丘山一帶的人都很崇拜她，但是她總覺得缺點什麼……

銀杏葉不知從哪天開始慢慢變黃，襯映着藍天，非常靚麗。「該吃誰呢？該吃誰呢？」紅狐精不停地在心裏問自己。銀杉枝椏上的一隻灌灌鳥，經常目睹紅狐精吃人的場面，正在不停地斥罵着什麼。紅狐精抬頭看看灌灌鳥，眼睛的餘光瞥到上空飄過一位帶着九條藍色尾巴的男子，她不由得一驚，正要開口喊叫，那男子卻不見了蹤影。紅狐精揉揉眼睛，以為是自己出現了幻覺。她整理了一下髮髻，搧動着九條彩色的尾巴婆娑地向山外飛去。

她落在一個集市邊，那裏人頭攢動，甚是熱鬧。她看見有兩位姑娘用八個貝殼買走了九條彩色的尾巴，正往屁股上綁着；一些青年男子的屁股後，也綁着九條顏色各異的尾巴，看上去像真的長在身上一樣。當村民們發現紅狐精後，整個集市頓時變得格外安靜，他們用驚喜、敬仰、崇拜的眼神膽怯地瞥了她一眼，都禁不住被她的美貌驚呆了，望一眼後再不敢抬頭細看，只是低頭恭候着。紅狐精看着眼前的村民，其中有不少她愛吃的青年男子，他們穿着樹葉裙，皮膚

被曬成健康的麥色，身後都綁着九條彩色的尾巴。她嚥了嚥口水，看到他們滿臉和善、淳樸和恭敬的表情，很不忍心！但是，咕咕叫的肚子和湧出的口水又在時不時地提示自己該獵食了。第三次嚥下口水時，她把一條藍色尾巴慢慢地從身後伸出來，翹在一個男子面前，男子卑躬屈膝地點頭笑笑。紅狐精繼續伸長藍尾巴，用尾尖輕輕掃男子的手臂、肩膀、臉頰。男子一動不動地站着，雖然是秋高氣爽的天氣，他卻緊張得滿頭大汗，一隻手緊緊拽着身後的一條黃尾巴。紅狐精又伸出一條紫色尾巴，繞着男子的身體纏住然後又放鬆，男子偷偷抬頭望了一眼，紅狐精正用水汪汪的大眼睛嫵媚地看着他。此男子平日裏所見的女子皆身穿草葉裙，從未近距離見過穿着絲綢袍子，又如此嬌豔的女子，他眼睛一花，暈乎乎地倒在地上。紅狐精一愣，收回了她的兩條尾巴，在人群中搜尋到另一個敦實而英俊的青年男子，她走過去，伸出一條青色的尾巴，輕輕在他身上掃了幾遍，再在他身後的尾巴上觸碰着。青年男子目瞪口呆地站着，也是緊張得滿頭大汗說不出一句話來。

　　紅狐精搖搖頭收回尾巴，眼角的餘光又搜尋到一個高大威猛的青年男子，此男子身後有九條藍色的尾巴，像長在自己身上那麼自然。她甩出一條紅色的尾巴在他手臂上掃來掃去，此男子完全不像前兩個那麼緊張拘謹，而是大膽地用手抓住她的紅色尾巴，邊撫摸着蓬鬆而柔軟的茸毛，邊用深邃的目光盯着她。紅狐精心裏暗暗一驚，不知道為何變得有點

緊張，她故作鎮定地哈哈笑了兩聲，伸出另一條橙色的尾巴攔腰纏住他的身體，瞬間飛起來朝青丘山飛去。村民們愣在原地，不明白紅狐精這次為何抓走的是一位正義善良的男子。

「我不相信這麼漂亮文雅的一位狐精能把一個大男人吃下，有人親眼看過她吃人嗎？有嗎？想必是抓他去做夫君的吧。」村民們還沒愣過神來，一位滿臉橫肉的壯漢打破沉寂。

這句話讓沉悶緊張的氣氛一下變得活躍起來，村民們也附和着說紅狐精吃人都是傳說，也許她根本沒吃過人，於是大家你一句、我一句跟着做出各種猜想：有的說是狐精招收弟子，有的說狐精的確需要一位元夫君，有的說狐精是替山神抓男丁的，甚至有的提議要不要每年給狐精送一名青年男子，就像每年給河伯送一名青年女子一樣。

紅狐精抓走青年男子回到青丘山的山洞，鬆開尾巴放下男子，張開口正打算啃食，青年男子用雙手抱住她的頭，暗暗較勁。紅狐精吃過無數男子，無一人能反抗，無一人敢反抗，今天這位還是第一例。她抓過他的手臂，送進口中。青年男子鎮定地看着她，嘴角還露出甜甜的笑意說：

「恐怕你吃不了我。」

「我沒有遇見過吃不了的男子。」

「如果把我吃掉，青丘山再找不到第二個和你相同的狐精了。」

「……你……」

「我是九尾白狐精，你拉拉我的尾巴，每一條都不是假

的，看，全都長在我的臀部。」青年男子抓過一條寶藍色的尾巴讓紅狐精拉扯，「我跟在你身後十幾年了，看你吃盡了青丘山一帶的壞蛋男子。村民們能過上幸福安定的日子，還得益於你吃人的喜好。現在壞男人已吃盡，快請收起你席捲男子的尾巴，不要再去傷害淳樸善良的人了。不是因為我沒吃過任何人才這麼要求你，而是只要我倆在一起，我相信會有比人更美味的食物。」

「你是誰？」

「那次山神對你說，青丘山自有狐精以來，僅有過一隻九尾白狐變成男人後，九條尾巴無法縮回，那隻九尾白狐就是我，而你是僅有的唯一的另外一隻紅狐精！」

紅狐精回想起幾次自己曾有過的幻覺來，此刻終於找到答案。她的心第一次開始怦怦直跳，張開的嘴半天說不出一句話。這時，一道閃電劃過，山洞外下起瓢潑大雨，紅狐精跑出山洞，站在雨裏放聲大哭。雨水混合着淚水，嘩嘩流過臉頰，淌過衣襟，最後滴落在緊握着她的雙手的、九尾白狐精的手上。

故事取材

《南山經‧南次一經》

原文：又東三百里，曰青丘之山。其陽多玉，其陰
多青䨼（普：huò｜粵：獲）。有獸焉，**其狀如狐而九尾**，
其音如嬰兒，能食人，食者不蠱。

譯文：再往東三百里，是青丘山，山上向陽的南坡盛產
玉石，而背陰的北坡則盛產青䨼。山中有一種奇獸，形狀像
狐狸，卻長着九條尾巴，吼叫的聲音如同嬰兒在啼哭，牠很
兇猛，能吞食人。吃了牠的肉就能使人不中妖邪毒氣。

九尾狐（明‧蔣應鎬圖本）

形狀像狐狸，卻有九條尾巴，吼
叫的聲音如同嬰兒在啼哭，牠很兇猛，
能吞食人。傳說吃了牠的肉就能使人不
中妖邪毒氣。同時，九尾狐還是祥瑞和
子孫繁息的象徵。在漢代圖像中常見九
尾狐與兔、蟾蜍、三足烏等並列在西王
母身邊，以示祥瑞和子孫興旺。

《南山經·南次一經》

原文：凡䧿（普：què｜粵：鵲）山之首，自招搖之山以至箕（普：qí｜粵：機）尾之山，凡十山，二千九百五十里。其神狀皆**鳥身而龍首**，其祠之禮：毛用一璋玉瘞（普：yì｜粵：意），糈用稌（普：tú｜粵：涂）米，一璧，稻米、白菅為席。

譯文：䧿山一脈的山系，從招搖山起，直到箕尾山為止，一共有十座山，東西蜿蜒長達二千九百五十里。這裏每座山的山神都是鳥的身子、龍的頭，祭祀這些山神的禮儀是把有毛的動物和璋玉一起埋入地下，祀神的米用稻米，供上一塊玉，用稻米和白茅草來做神的坐席。

鳥身龍首神（明·胡文煥圖本）

鳥身龍首神，又名䧿（雅）神，牠們長着龍的頭和鳥的身子，是䧿山一脈群山中的山神。從山神的形貌來看，這一帶的族群應當以鳥為圖騰。

大頭熊和小頭熊

程逸汝 文

其上多桃枝、
鈎端，獸多犀、
兕、熊、羆。

【西山經・西次一經】

　　嶓冢山上茂密的竹林像飄浮着的綠色雲朵。山下的漢水明淨清澈，緩緩地流向東南，流入沔水。

　　漢水邊的山村中間，有一幢用一塊塊石頭壘成的石屋，石屋沒有窗戶，黑洞洞的屋裏住着山民的頭人拐腳叔，他長長的手臂幾乎碰觸到地面，手臂一揮舞就像甩起一條長繩。突然，他撿起一塊石頭，「哇」的一聲怪叫，長臂猛地一甩，石頭飛向高大的野梨樹，一隻被擊中的野梨刹時從樹枝上掉落下來。這時，拐腳叔兩腳一拐一拐，屁股一扭一扭地走過去，撿起野梨大口大口地咬着、嚼着，吃得嘖嘖有聲，津津有味。

　　山風呼呼勁吹，吹來了粗獷的唱叫聲：「哦哦 ── 呵嚕 ── 嚕！嚕呵 ── 哦哦 ── 嚕⋯⋯」這是一隻大頭熊的喊叫，聽起來像唱叫一般。

　　「嗨嗨，大頭熊來啦，我的好兄弟來啦！」拐腳叔從石屋裏捧出一大堆圓圓的卵石，嘩啦啦地撒落在野梨樹前。他聽不懂大頭熊在唱叫些什麼，可是，他能從熟悉的唱叫聲裏意會到大頭熊唱叫的是什麼，便和着從遠處傳來的唱叫節拍，也唱叫起來：「我是大頭熊，昂首又挺胸，幹活送友情，力氣大無窮⋯⋯」

　　大頭熊是山村的常客，有一副火熱的心腸。別的不說，光說拐腳叔家裏的石屋，就是用大頭熊扛來的石塊壘成的。山民們吃的野果也是大頭熊一堆又一堆地堆放在山民們的家門口。在山民們的心目中，大頭熊是福星，是保護神。

　　唱着唱着，拐腳叔的唱叫聲漸漸變調了：「大頭熊，好兄弟，我來請你吃野梨，野梨脆，野梨甜，挺起你的大肚皮。」

　　隨即，一粒粒卵石如流星般射向滿樹的野梨，野梨似雨點般灑下。有幾個灑在了大頭熊的頭上，大頭熊毫不介意，朝拐腳叔拱手行禮。之後，趴在野梨樹前啃野梨，啃一個，眨眨眼；啃兩個，伸伸腿；啃三個，喘喘氣……嗨喲喲！一大堆野梨全裝進了肚子。大頭熊吃飽了之後，靜靜地躺在一棵野梨樹前。當初，遠處山上，有一塊巨大的怪石，隨着連日暴雨的傾瀉，借助洪水的威力，從嶓冢山腰猛衝下來，壓住了拐腳叔的右腿。眼看洪水漸漸逼近，拐腳叔叫天天不應，叫地地不靈，他忍着右腿刀剁似的劇痛，閉住眼睛，只等死神的降臨。突然，他感到右腿失去了重壓，睜眼一看，一頭身粗體圓、力大無窮的大頭熊，正將怪石舉過頭頂，砸進了附近的大泥坑，然後抱舉着拐腳叔，一路狂奔，奔上了山頂……從此，大頭熊成了拐腳叔的好兄弟。

　　「好兄弟！」拐腳叔想倚靠在大頭熊的身邊，說說心裏話。不料，大頭熊蹦跳起來，大吼一聲：「嗨喲喲！嗨！嗨！」

　　拐腳叔望着眼前驚慌失措的大頭熊，知道牠在說：「牠！牠！」

　　牠是誰？誰來了？有那麼可怕嗎？拐腳叔感到有點莫名其妙。

　　牠是誰？牠的形狀像頭巨大的牛，兩隻朝天的鼻孔像深不見底的黑洞，棕色的魁梧的身體彷彿披着堅硬的盔甲，渾圓的背上有老虎一樣的斑紋，叫起來嗓音低沉，「軩軩軩軩」，好像在輕輕地呼喊自己的名字，又好像一個重病人在痛苦地呻吟……牠就是水妖軩軩[①]。

　　大頭熊一眼認出正從漢水岸邊走來的是水妖軩軩，牠的步履由蹣跚到急促，兩隻朝天鼻孔的黑洞開始噴出亮晶晶的水珠，忽而水珠從高空灑落閃閃耀眼，忽而水珠噴到地面四處流淌，看來水勢不小。要是任其胡作非為，後果不堪設想，帶給山民的將是洪水氾濫的災難，家破人亡的下場。

　　大頭熊想到好兄弟拐腳叔天生與水無緣，將浪花視同猛獸，萬一他失足溺水，則必死無疑。

　　「軩軩軩軩！」不遠處又傳來水妖軩軩淒涼的叫喊聲，情況萬分緊急，大頭熊不再猶豫，他二話沒說，猛然托起拐腳叔，將其扛在肩上，大步走向嶓冢山削尖的頂峰。

　　拐腳叔聽憑大頭熊扛着他向嶓冢山頂爬去。

　　「軩——軩軩——軩！」水妖軩軩的叫喊聲變了，變得

---

① 軩軩（普：líng｜粵：玲）：傳說中一種會帶來洪水的怪獸。

大頭熊與小頭熊

先短後長，然後又短，只聽「轟」的一聲巨響，猶如打雷似的，震撼山川大地，隨即滾滾洪水掀起沖天巨浪，一下子將拐腳叔的石屋摧垮了。

此刻，已經登上嶓冢山頂峰的拐腳叔望着山腳下的洪水，望着被摧垮淹沒的石屋，失聲痛哭起來：「哎喲喂！我的媽呀！我的石屋、石屋沒了！哎喲喂……」

拐腳叔越哭越傷心，傷心得忘了正從山腳下湧上來的洪水。大頭熊不愧是好兄弟，也流下眼淚，並低沉地哼叫着，好像在說：「別傷心，石屋會有的，會有的……」

「嘩啦啦——」幾朵浪花跳到拐腳叔的腳邊，他一腳踢在大頭熊的腦門上。

這一腳踢出了大頭熊的一聲呼喊，好像在說：「嗨喲！不，不能，決不能讓水妖胡作非為！」

嶓冢山下洪水氾濫，山頂上的一片空地還沒被洪水侵犯。大頭熊兩隻厚實的熊掌叉着腰，威風凜凜地站着。水妖軯軯步步登高，鏗鏘有力。這塊平地成了大頭熊和水妖的決鬥場。

大頭熊怒目圓睜，水妖虎視眈眈，雙方對峙着。突然，水妖的鼻孔噴出一粒粒水珠，急速地射向大頭熊的腦門。霎時，大頭熊頭昏眼花，暈頭轉向，身體朝後傾斜，險些倒下。大頭熊蹲下身子，兩隻熊掌捂住腦門，任憑水珠射擊。當水妖漸漸靠近時，大頭熊猛然一個鯉魚翻身，用厚實的熊掌砸向水妖的肚皮。不料，水妖堅如磐石，紋絲不動，嘴裏

又響起「斡斡——斡」的叫喊聲，彷彿是勝利者的歡呼聲。

拐腳叔捧了一大堆尖銳的巖石，巖石像冰雹般擊中水妖，但水妖的身子堅如盔甲，巖石撞在上面發出咚咚咚的響聲，然後全部反彈到拐腳叔身上，針刺似的痛了一陣。

大頭熊暴怒了，吼聲如雷，震盪山頂巖石，巖石一陣晃動，險些將拐腳叔震盪下來。大頭熊轉身就逃，水妖緊追不放；大頭熊原地打轉，轉得水妖失去了噴水珠的方向。突然，熊掌猛擊水妖的屁股，屁股是水妖的弱處，果然，水妖頭一回發出痛苦的呻吟：「斡——斡，斡——斡！」大頭熊剛要猛擊第二掌，突然，一根淡黃的水柱從水妖的屁眼裏噴射出來，像一根長鞭抽打着熊掌、前胸、頭頸、腦門⋯⋯隨即而來的是一股難聞的臭氣，熏倒了大頭熊。

水妖也早就暴怒了，牠拼命地旋轉身子，噴出的水柱越來越粗，水勢越來越大，山頂平台波濤洶湧，洪水漸漸淹沒了大頭熊的腿、腰、胸、頸、臉⋯⋯最後，大頭熊消失水中，無影無蹤。

視水如虎的拐腳叔眼睜睜地看着大頭熊被水淹沒，不禁嚎啕大哭，呼天喊地：「兄弟，好、好兄弟，你不能死，我不能沒有你，你是大伙兒的福星，山民們不能沒有你！」

躲在山頂周圍樹木旁的山民們，跟着拐腳叔一起呼喊：「大頭熊，好兄弟，快回來，我們不能沒有你！」

水妖行走在水面上，如履平地。牠轉身面對拐腳叔，剛想噴射水珠，突然，又發出了痛苦的呻吟：「斡——斡，

斡——斡！」

這是怎麼回事？是誰讓水妖如此痛苦？難道水妖的對手大頭熊死而復生了？

哦！看見了，看見了，拐腳叔看見了什麼？

一隻形似海獺的小動物，用尖利的牙齒狠狠地咬住了水妖的尾巴。牠是海獺？不，海獺前肢短，後肢長，牠前肢長，後肢短；海獺深褐色，牠烏黑色。說牠形似海獺倒是真的，身體圓而長，尾巴短而扁。拐腳叔沒想到，牠是小頭能，是大頭熊的變身：陸地上的大頭熊一到水裏，馬上變成了小頭能。

「斡——斡，斡，斡！」水妖一邊呻吟一邊抖動尾巴，尾巴越抖動越劇烈，牠想把小頭能抖落下來，鼻孔繼續不停地噴水。誰知小頭能天生喜歡水，水勢越大越快活，水勢越猛越靈活。牠改變了進攻的目標，撒開了水妖的尾巴，一頭鑽進水裏，潛游到水妖面前，然後聳身一跳，用尖嘴塞住水妖的鼻孔，不料，水妖的鼻孔沒塞住，反而一粒粒水珠噴射到自己的鼻孔裏，打了一個大噴嚏。小頭能毫不氣餒，牠靈機一動，用尖嘴對準水妖的脖子，剛欲緊咬，水妖低頭用頭上尖銳的硬角猛戳，還好小頭能身子圓滑，才沒讓水妖得逞，硬角只是從身上輕輕滑過……

拐腳叔被眼前的小頭能和水妖的生死搏鬥嚇呆了，他還不知道小頭能就是大頭熊變的。他束手無策，只能在一旁着急，小頭能並非水妖的對手，眼看山村和山民們將毀於水妖

帶來的洪水，不禁焦慮萬分。怎麼辦？怎麼辦？面對蒼天，他身不由己地跪下來，喃喃自語：「慈善的天帝，求求你快派神仙下凡，嚴懲水妖，喝退洪水！」

此刻，小頭能一邊與水妖搏鬥，一邊也在默唸：「天帝顯靈！天帝顯靈！」

天帝真能顯靈嗎？只見天空飄來一朵五彩的祥雲，恰似蓮花初開，祥雲送來了誰呢？

祥雲漸漸飄落，飄落到水面上，送來了一隻旋龜。牠的形狀像普通的烏龜，卻有着鳥的頭和蛇的尾巴，叫聲則像敲打破木頭的聲音。原來，牠是由天帝派來治水的旋龜。

「篤，篤，篤，篤……」旋龜將浪花壓在身下，撲向東邊，東邊的水退下；撲向西邊，西邊的水退下。

可是，身前洪水退一尺，身後洪水高一丈；身前洪水退一丈，身後洪水高十丈。旋龜並沒有退卻，而且伸長脖子，頭靈活地晃動，一對烏黑的眼珠像珍珠般閃亮。

「軋軋——軋——軋！」眼前的水妖又發出挑戰的叫喊聲。

山洪似一頭頭窮兇極惡的猛獸，紛紛從山峰衝殺下來，吞噬着山林。

眼看一切將毀於一旦，這時，小頭能猛然一躍跳到了旋龜身上，用尖牙瘋狂地撕咬旋龜的龜甲。

旋龜默默忍受着撕咬，當龜甲被撕離龜身時，血水噴射出來染紅了洪水，頓時血色一片。小頭能撕咬下一塊龜甲，往洪水中一丟，立馬濺起巨大的波浪，這一塊龜甲瞬間就變

成了非常厚重的山巖與堅土，鎮壓住了巨浪。

霎時，龜背四分五裂，小頭能在鮮紅的洪水中躥上躥下，把龜甲撒向洪水。

旋龜忍着撕裂的疼痛，沒哼一聲，小頭能也被鋒利的龜甲劃得滿身傷痕。

嘩啦啦！嘩啦啦！洪水終於被壓退了。「好哇！洪水溜走了！我們勝利了！」拐腳叔高舉雙臂歡呼蹦跳。

傷痕累累的小頭能陪伴着赤裸着龜背的旋龜，一起默默無聲地躺在山崗上，一動也不動。

漸漸地，小頭能縮小了，縮小了……突然，牠長大了，長大了，變成了大頭熊……強壯堅實的大頭熊像座鐵塔，屹立在水妖面前。當水妖再次放大鼻孔欲噴射水珠時，經過一番身心修煉的大頭熊更加愛恨分明，嫉惡如仇，將渾身的功力聚集於鐵錘般的熊掌上，然後猛擊水妖的鼻孔。俗話說，打蛇打七寸，打水妖就要打鼻孔，只見水妖鼻孔噴出鮮血，然後轉過身子，踩着血跡趕快溜走了。

千百年來，漢水還是像往常那樣清澈見底，潺潺流淌。岸邊的小野花五顏六色，在微風的吹拂下頻頻點頭，彷彿在迎接大頭熊的再次光臨。

山民們簇擁着大頭熊，振臂歡呼：

「大頭熊回來了！」

「福星回來了，讓我們重建家園！」

「保護神回來了，讓水妖永遠滾蛋！」

拐腳叔望着眼前的大頭熊，心想：大頭熊是好兄弟，小頭能也是好兄弟。陸地上的大頭熊來到水裏變成了小頭能，水裏的小頭能來到陸地變成了大頭熊。真神奇哪！但不管怎麼變，變來變去都是好兄弟。可是，赤裸的旋龜，喝退洪水的旋龜還會再出現嗎？

　　漢水潺潺流淌，沒有回答；嶓冢山上茂密的竹林隨風擺動，也沒有回答。後來，風婆婆將旋龜捨命治水的事跡報告天帝，天帝為了弘揚旋龜治水的精神，破例將治水的神奇本領賜予小頭能。從此，哪裏有水妖軯軯，哪裏就有洪水；而哪裏有洪水，哪裏就有小頭能，以此造福天下。

故
事
取
材

《西山經·西次一經》

原文：又西三百二十里，曰嶓（普：bō｜粵：波）
冢之山。漢水出焉，而東南流注於沔（普：miǎn｜粵：
免）；囂水出焉，北流注於湯（普：yáng｜粵：羊）水。
其上多桃枝、鉤端，獸多犀、兕（普：sì｜粵：字）、**熊**、
羆（普：pí｜粵：悲）。

譯文：再往西三百二十里，是嶓冢山，漢水發源於此，
向東南流入沔水；囂水發源於此，向北流入湯水。嶓冢山上
到處都是葱鬱的桃枝竹和鉤端竹，也有很多的犀牛和兕，還
有很多的熊和羆。

熊（清·汪紱圖本）

體態很小，可以水陸兩
栖。傳說禹的父親鯀死後化
身為熊，牠在陸地上叫熊，
而在水裏就叫「能」了。

《南山經·南次一經》

原文：又東三百七十里，曰杻（普：niǔ｜粵：扭）陽之山，其陽多赤金，其陰多白金……怪水出焉，而東流注於憲翼之水。其中多玄龜，其狀如龜而鳥首虺（普：huǐ｜粵：位）尾，其名曰**旋龜**，其音如判木，佩之不聾，可以為底。

譯文：再往東三百七十里，就到了杻陽山，山的南坡盛產黃金，山的北坡盛產白銀……怪水從杻陽山發源，向東流去，注入憲翼水。水中有一種叫旋龜的動物，外形像普通的烏龜，卻長着鳥頭和蛇尾。牠的叫聲像敲打破木頭的聲音，佩戴旋龜甲能使人的耳朵不聾，而且牠還可以用來治療腳繭。

旋龜（清·畢沅圖本）

傳說大禹治水時，有兩大神獸——應龍與旋龜予以協助。旋龜的樣子像普通的烏龜，但卻長着鳥的頭、毒蛇的尾巴。牠叫起來就像敲擊破木的聲音。人們戴着旋龜甲，不會耳聾。

《東山經·東次二經》

原文：有獸焉，其狀如牛而虎文，其音如欽。其名曰**軨軨**（普：líng｜粵：玲），其鳴自叫，見則天下大水。

譯文： 山中有種野獸，外形像牛，有老虎一樣的斑紋，叫做軨軨。叫聲如同人在呻吟，又像在呼喚自己的名字。牠一出現，天下就會發生水災。

軨軨（明・蔣應鎬圖本）

形狀像普通的牛，卻有老虎一樣的斑紋，發出的叫聲如同人在呻吟，又像是在呼喚自己的名字，是水災的徵兆。

混沌初生的故事

張燕文

又西三百五十里，曰天山。

多金、玉，有青雄黃。

英水出焉，而西南流注於湯谷。

有神焉，其狀如黃囊，赤如丹火，

六足四翼，渾敦無面目，

是識歌舞，實為帝江也。

【山海經・西次三經】

　　在遙遠的塞外，有一座大山叫做天山。那裏夏天特別短，冬天特別長，一年四季大概有十個月是冬天。每當短短兩個月的夏天過去以後，天山就直接進入到冬天，一場又一場的大雪把天山給覆蓋住，這讓本來就人跡罕至的大山，變得更寂靜了。

　　在這樣一座山裏，住着一對老爺爺和老奶奶。老爺爺和老奶奶都很老了，他們已經快八十歲了。然而，就在他們七十九歲的那年，卻意外地添了一個小兒子。這個孩子一生下來也奇怪，沒有耳朵，沒有鼻子，沒有眼睛，也沒有嘴巴，只有胖乎乎的一個身體，像個小肉球，又像個豬的身體，於是給他起名叫「混沌」。雖然老爺爺老奶奶生下的兒子長得這麼奇怪，可是老爺爺老奶奶還是特別喜歡他。因為，這畢竟是他們多年以來一直盼望着的自己的兒子呢。

　　這年冬天天氣特別的冷，外面的風雪一直不停。一夜的工夫，積起來的雪就能夠把山洞口給堵住。老爺爺老奶奶的力氣也不比從前了，砍來過冬的樹枝又少又濕，燒起來的火在濕冷的洞穴裏一會兒就滅了，整個洞穴都涼冰冰的。

　　肉球兒子沒有嘴，只有腹，連五臟也全無，飯是不用吃的，整日就想靠在年老的媽媽身邊睡覺。老奶奶也不比以前強健有精神了，她哆哆嗦嗦地給他們的肉球兒子蓋上一牀用

羽毛做的被子。那些羽毛是奶奶花了好幾個夏天，在天山上各處的山坡裏，撿拾回來的各種鳥的羽毛。羽毛五彩繽紛，在洞穴裏還閃閃發着微光。

怕他冷，老爺爺老奶奶用家裏最好的狐狸皮給他縫了一張褥子。那張狐狸皮還是老爺爺在年輕時，遇見一隻美麗的狐狸，用他矯健的身手和高超的箭術捕獵得來的。老爺爺和老奶奶一直捨不得用它，現在，有了這個肉球兒子之後，就給他做了一件最暖和最美麗的冬褥子。肉球兒子躺在裏面，蓋着輕盈暖和的羽毛被，很快就香甜地入睡了。

然而，老爺爺老奶奶卻並沒有那麼愉快地入睡。風一直在颳，雪也一直在下。老爺爺老奶奶對着隨時就要熄滅的火堆發着愁。

「哎，老頭子，我們年紀這麼大了，我們的兒子卻還這麼小。更讓我擔心的是，他既沒有嘴巴，也沒有鼻子，又沒有眼睛和耳朵……雖然他不用吃喝，但今年冬天這麼冷，我們的柴火就快沒了……這個冬天，只怕我們熬不過去了啊……要是我們省點給孩子用，只怕孩子還能度過冬天……只是，要是我們不在了，以後他可怎麼活呀？」老奶奶就着彷彿隨時都會熄滅的火光，看着熟睡中的兒子，斷斷續續，吞吞吐吐地，皺着眉頭對老爺爺說着。

老爺爺撥了撥火堆，火堆裏的濕氣幽幽地冒出來，洞穴裏瀰漫起了一股嗆人的濃煙，嗆得老爺爺直咳嗽。老爺爺的鬍子雖然花白了，可是還是又濃又密又長，眼睛也還是亮亮

的。然而映着那簇奄奄一息的火苗，那雙眼睛裏也瀰漫起煙霧來。

他咀嚼着夏天採來的一種樹葉，有幾滴綠色的汁液從他的嘴巴裏流出來。平時這個時候，是他一天最放鬆的時刻，然而今天，咀嚼的汁液沒有讓他輕鬆多少。他抬起手，用胳膊擦了擦嘴角邊泛起的苦意。

他那用獸皮做的衣服，由於經年累月的摩擦，上面曾經蓬勃光亮的獸毛都已經基本掉光了，露出了獸皮本來的皮色。那是一頭野豬的皮，也是他年輕時捕到的最強壯的一頭野豬。

當年，為了抓到這頭野豬，他跟蹤了牠六天五夜，又和牠戰鬥了三天三夜，才最終把牠給獵殺回家。為了拖這頭野豬回來，他也是花了整整兩天一夜的時間。不過，一切的辛苦都是值得的。因為，這頭野豬最後被他和他的老婆，也就是當年的老奶奶，吃了整整半年呢。而這頭野豬的皮，也被手巧的老奶奶，縫製成了一套漂亮合身的衣服，每年冬天，他都是穿着它過冬的。

一晃幾十年過去了。老爺爺想着當年自己的勇猛，再看看如今已經滿臉皺紋的老奶奶，早已經沒有當年窈窕年輕時的美貌了。只有老奶奶的那雙手，還和從前一樣輕巧靈活。這雙手，給他縫製衣服，挑水做飯，又曾經輕柔地撫摸過他受傷的雙腿，還曾經溫柔地撫平過他眉間的皺紋。老爺爺回憶着和老奶奶在一起的每一天，都覺得很幸福快樂。

若說他們一直以來的遺憾，就是沒有小孩。卻不想，老天在他們已經垂垂老去的時候，賜給了他們這樣一個奇怪的孩子。

當年這個孩子剛出生的時候，老爺爺確實被孩子奇怪的外形給嚇着了，也曾經想把孩子丟到山野裏去，老奶奶卻也是用這雙手緊緊地抱住了這個孩子，說這個孩子一定是老天給他們的一個禮物。無論多麼艱難，都要把自己的這個孩子拉扯大，哪怕他長得是那麼奇怪！因為，無論孩子是什麼樣，那都是自己的孩子，父母對自己的孩子的愛是不會因此而受到任何影響的。

又十年，過去了。

十年來，這孩子不吃不喝，大部分時間就是睡覺，不會說一句話，也從不到洞外去，因為他什麼也看不見。

不過，這個沒有五官的肉球孩子卻非常聰慧。老奶奶喜歡唱歌，年輕的時候也特別擅長跳舞。於是，老爺爺出門打獵，老奶奶沒事的時候，就唱歌給這個孩子聽，並教孩子跳舞。奇怪的是，這孩子這麼多年來不會說話，卻用肚皮學會了唱歌，而且歌聲特別優美動人。

每當老爺爺打獵晚歸的時候，遠遠地就能聽見悠揚的歌聲從他家那個方向傳來。那如月光般清冽，如雪花般清甜的歌聲，帶着春天般的香味，帶着清潤的溫度，傳到他的耳朵裏時，他一天的勞累就立刻消失了。

回到家，老奶奶端上做好的晚飯，這孩子就在老爺爺的

身邊跳起了舞。雖說這孩子身形奇異，可是跳起舞來卻異常的輕盈自在。在他跳舞的時候，彷彿看見雪花在飄舞，彷彿看見花瓣在綻放，彷彿看見樹葉翩然落下，又悄然蔥綠；在他跳舞的時候，老爺爺彷彿聞得到花香，聽得見雨滴，嚐得到黃米的清甜。

這一歌一舞之間，老爺爺老奶奶彷彿看見了天地之間的幾生幾世，雲捲雲舒，萬物清明，月生月落，海闊天空。其實在父母最無私真誠的愛意中，混沌早已經在生萬物，開初智，後世的人間才有了春秋冬夏，喜怒哀樂。

「是啊，這孩子，神奇啊。」

「這孩子，要讓他活下去，健健康康、強強壯壯地活下去。」

這一輩子，能夠和老奶奶一起這樣相伴地過着，老爺爺就已經非常幸福快樂了。再加上晚年得到這個奇怪的孩子，本應給他更多父母的寵愛與陪伴，只是，他們終究老了，不能再繼續陪着他，走完他以後的路了。

至於沒有他們的日子，這孩子怎麼活下去，老爺爺覺得他們已經管不過來了。當務之急，是要讓孩子先度過這個漫長又寒冷的冬天。

老爺爺看了看睡夢中的孩子，再看了看皺着眉頭的老奶奶，緩緩說道：「是啊，我們都已經老了，孩子他娘，這個冬季還沒有過半，我們的柴火確實不夠三個人使用過冬的。孩子他娘，我有個主意，不知你的意思如何？」

　　老爺爺的話說到這裏，老奶奶就已經將那雙溫暖的手伸過來，老爺爺握着那雙手，不再說話，只是用明亮的眼睛看着她。老奶奶也看着老爺爺，眼波裏是年輕時的柔情，還有感激，更多的是如釋重負般的理解。

　　老奶奶點點頭，說：「老頭子，我知道你的意思。我和你想的是一樣的。為了這孩子，我們是值得的。能夠和你一起，坐在一個火堆前，想着很久很久以前的事情，再牽着手，走到很遠很遠的那個地方，我真是幸福啊。」

　　老奶奶的臉龐被跳躍的火苗照得紅紅的，那一刻，老爺爺好像看到了最初看見的那個老奶奶，面如桃花，眼若星河。

　　那一夜之後，老爺爺老奶奶不再吃任何東西，而把柴火分成了均等分，一枝一枝圍繞在肉球兒子的四周。他們反覆做的事情就是：奶奶唱歌，肉球兒子用肚皮學唱，唱一句，學一句；讓肉球兒子知道在火要熄滅的時候，如何把柴火添加進去，好保持洞穴裏的溫度，不至於被凍住。這就是人類愛的火苗得以薪火相傳的智慧與傳統的開始。

　　終於，老爺爺老奶奶再也沒有力氣做任何事情了。他們在那一刻，手牽手，抱着他們的孩子，他們想把最後的溫度傳遞給他們的肉球兒子。而肉球兒子依然什麼也不知道，在爸爸媽媽的懷抱裏，溫暖地睡着了，彷彿還在做着一個美麗的冬眠之夢。

　　第二年春天來臨，冰雪開始融化，森林開始翻綠，鳥兒開始鳴叫，這世界裏的聲音彷彿多了起來，色彩也多了起

來，味道也多了起來。

那一天，從老爺爺老奶奶住的洞穴裏，傳來一個悠長的歌聲：

> 混沌初生，萬物初開。
>
> 冰雪消融，花朵始放。
>
> 百鳥歡鳴，大地蘇醒。
>
> 天舞地歡，山海奔騰。
>
> 倏忽之間，人生百代。
>
> 人有七竅，混沌卻無。
>
> 七竅皆開，混沌寂滅。
>
> ……

隨着這歌聲從洞穴裏翩然舞出來的，是一個外形像一個黃色口袋的物體，好像穿着一件野豬舊皮縫製的衣服（那是老爺爺年輕時狩獵得的獸皮，經由老奶奶親手縫製而成的獸皮戰衣）；渾身卻紅得像一團火苗，就好像冬夜裏那團永不熄滅的火焰（那是老爺爺老奶奶的愛讓混沌的身體記憶體積了燃燃不息的愛）；身體下面有三雙六隻腳——一雙孩子的腳，一雙男人的腳，一雙女人的腳（那是父母和孩子的腳，合在一起，就是行走）；身上還生長着兩對翅膀，前面一對輕巧一點，輕輕搧動的時候，讓人想起媽媽溫柔的雙手；後

面那對翅膀威武一點，呼呼搧動的時候，讓人想起爸爸那雙強壯的雙手。

這個黃色口袋似的物體沒有雙眼和鼻子，也沒有耳朵和嘴巴，奇怪的是那悠揚的歌聲卻是從他的腹部傳出來的。歌聲所到之處，樹上的冰凌開始消融，積雪開始融化，融化的冰水順着歌聲的節奏，「叮叮——咚咚——噠，滴滴——答答——噠」地落進泥土裏，泥土裏就長出一根根蘑菇、木耳和靈芝，更深一點的泥土裏則生長着人參，後世的人們吃了這些，則精力充沛，耳聰目明。這都是混沌的歌聲在喚醒大地的春天。

踏着這歌聲，那物體的舞步輕盈，所到之處，腳下都會盛開一朵朵潔白的雪蓮。而所有聽見這歌聲的動物和人們，都彷彿聞到雪花的清甜，看見月亮的清冽，聞見粟米的清香⋯⋯

這個世界在混沌的歌聲裏，蘇醒了。

原來，老爺爺老奶奶犧牲了自己，用他們自己的身體所護寒的那個小兒子就是混沌帝江，也是後來天山的山神。這也是天地為了給最初的先民開啟心智，所創造的一種特殊的考驗。

只有用人類最質樸、最天然的父母之愛和家庭之愛，才能讓這個世界混沌初生，萬物蘇醒，人類才能夠慢慢開智，才能夠更好地繁衍後代，創造出更多悠長豐盛的歷史。

混沌帝江因此由天神指引，降落在老爺爺老奶奶的家

裏，由他們養育十年之久，享受着人類父母全身心的愛。而經過這個特別寒冷的冬天，老爺爺老奶奶最後用自己的生命來守護住他們的後代。正是這種無私相護的愛，讓混沌帝江終於初生在了這個世界，從此混沌帝江守護着天山這座美麗的山。老爺爺老奶奶也經由天神的點化，引渡成了東海之帝倏和南海之帝忽。至於所傳的混沌開七竅而死的故事，那已經是後話了。

混沌初生的故事

新說山海經・奇獸卷

152

故事取材

《山海經·西次三經》

原文：又西三百五十里，曰天山。多金、玉，有青雄黃。英水出焉，而西南流注於湯谷。有神焉，其狀如黃囊，赤如丹火，六足四翼，渾敦無面目，是識歌舞，實為**帝江**也。

譯文：再往西三百五十里，是天山，山上盛產金玉，多石青和雄黃。英水發源於此，向西南流入湯谷。山裏有個神，外形像黃色口袋，紅得像丹火，六隻腳，四隻翅膀，混混沌沌沒有面部和眼睛，卻能夠唱歌跳舞，名為帝江。

帝江（明·蔣應鎬圖本）

外形像個黃色口袋，紅得像一團火，六隻腳、四隻翅膀，沒有面部和五官，精通歌舞曲樂。